KiKi BUNKO

レベル上げ大好きな私が異世界で聖女やってます

夜光 花

JN148630

CONTENTS

■1　聖女召喚

十六連勤も働くと、人は幻聴が聞こえるらしい。

香椎瑠奈《かしいるな》はふらふらとした足取りで右耳を押さえた。終電に間に合って何とか今日のうちに帰れたと喜んだのも束の間、電車を降りた後からずっと耳鳴りがしている。おまけに遠くから『光よ』とか『来たれ』とか叫ぶ声がする。

（あーとうとう、頭もいかれてきたか）

瑠奈は睡眠不足でクマができた目元を擦《こす》り、大きなため息をこぼした。高校を出て、大好きだったゲーム制作会社に入り、意気揚々と働いていたのは一年目まで。その後は休日を奪われ、終電ぎりぎりの生活——まだ二十三歳だから踏ん張れているけれど、お肌はボロボロ、美容院に行く余裕もない、自炊する気力もないからコンビニ飯ばかりのヤバい生活。

（ブラック企業ってうちのことだよね……）

今日も発売間近のゲームの不具合が出て、画面と睨《にら》めっこを続けること十時間。頭は働かず、眼精疲労はひどいし、倒れる寸前だ。

明日からようやく手に入れた連休。久しぶりに熟睡できるので瑠奈は一刻も早くアパートに戻りたかった。ともかく寝ないと死んでしまう。部内の先輩は「香椎は若いから大丈夫」と仕事を押しつけてくるが、いくら若くても寝ないと人は死ぬのだ。

(たっぷり寝たら、美容院に行こう。もう伸びすぎて髪が傷みまくり)

連休の予定を考えていると心が浮上してくる。いくらゲームが好きだからといって、ゲーム会社に入社なんてするんじゃなかった。趣味は趣味で止めるのが正解だ。こんな生活が続くなら転職も考えなければならない。

『来たれ、聖女よ』

街灯の少ない道を歩いていると、また声が聞こえてくる。幻聴がこれほど聞こえるとは、ひょっとして美容院ではなく病院へ行くべきか。

(早く帰ろう)

瑠奈は足を速めた。十字路を曲がったら、瑠奈の住むアパートが見えてくる。駅から徒歩十二分、木造二階建て築三十年のボロアパート。保証人がいなくていくつか断られた末に決まった家だ。セキュリティには問題ありだが、隣人もアパートの大家さんもいい人なので問題ない。

変な耳鳴りや幻聴はするが、きっと一晩眠れば回復するだろう。瑠奈はさらに足を速めようと右足を前に出した。

ふいに体勢が崩れて、視界がぐるりと動いた。あるはずの地面がなくなり、浮遊感が起こる。

（え？　私、マンホールにでも落ちた？）

とっさに考えたのは、マンホールの蓋《ふた》が開いているのに気づかず、落ちてしまったという状況だ。そうでなければ身体が下に落ちていくわけがない。

（え、え、え――。フリーフォール！）

すぐに尻餅《しりもち》をつくと思ったのに、いつまで経っても下につかない。実は自分は知らぬ間に高層ビルの屋上から飛び降りていたのかと思うくらい、延々と垂直落下している。

「うわあああああ！」

ようやく思考が追いついて、瑠奈は悲鳴を上げた。

その瞬間――尻が地面についた。あれだけ落ちたのだからつぶれてもおかしくないのに、何故《なぜ》か椅子から落ちた程度の衝撃しかない。尻が落ちて、手が床につく。悲鳴を上げた時に、恐怖で目をつぶっていたのだろう。

目を開けると、世界が一変していた。

香椎瑠奈は二十三歳の会社員だ。

あまり恵まれた人生とはいえない。十歳の時に両親が事故で亡くなり、祖父母の元で育った。環境の変化で学校に馴染めず、不登校だった時期もある。とはいえ、祖父母は瑠奈を慈しんで育ててくれたので、中学、高校は学校に通い、友人もできた。

引っ込み思案だった瑠奈を救ってくれたのは、ゲームだ。祖父に買ってもらった携帯型のゲーム機をひたすらやり込み、ゲームセンターではいかに少ない金額で長く撃ち続けるかを競った。中学生の頃はシューティング系で『香椎がすげぇ』と近所の男子に噂《うわさ》されるほどになり、苦手だった人付き合いもできるようになった。

ゲームこそ我が人生と思い、高校を卒業した後は、ゲーム会社に就職した。

ゲーム会社の社員は多かれ少なかれ陰キャが多く、労働時間が長いのはつらいけれど、人間関係が楽で辞めるつもりはなかったのだ。さすがに十六連勤になった時は、上司を憎く思ったりもしたが、仕事自体に不満はなかった。

このまま好きなゲームの仕事をして、好きなゲームが発売されたらやり込んで、そのうち誰か気の合う人がいたら結婚したい。そんな漠然とした未来を瑠奈は思い描いていた。

両親が事故に遭《あ》ったという知らせを受けた時、人生は一瞬で変わると学んでいたはずなのに。

（私の人生、どうなってんの？）

目を開けた瞬間、飛び込んできた景色に瑠奈は顔を引《ひ》き攣《つ》らせた。

大理石でできた床に、漫画やアニメでよく見る魔法陣が描かれていた。それは瑠奈を中心にして青く光っていて、ひんやりとした風を巻き起こした。どこか、大きなホールであることは間違いない。床にへたり込んだ瑠奈から数メートル離れたところに、多くの人が立っている。聖職者がまとうような白い制服を着た者が多い。それから中世ヨーロッパで見かけるような時代錯誤なドレスや礼服の人が数名。

「おお……、聖女様！　召喚に成功したぞ！」

「大神官様がお倒れになった！」

瑠奈を取り巻く人々は口々に騒いでいる。瑠奈は頭がくらくらして、自分が見ているものに困惑していた。撮影中の映画の中に飛び込んだみたいだ。自分以外の人の服装がおかしすぎる。最初に思ったのは、地下帝国ってあったんだ、という馬鹿な発想。ちょうど制作中のファンタジーＲＰＧのシナリオに古代文明の話が出てきたせいだ。マンホールの穴に落ちた先に地下帝国があるなんて、夢のある地元だったんだなぁと。

「う……」

眩暈《めまい》を起こす頭を押さえると、長い銀髪の聖職者らしき人が倒れているのが見えた。ミトラを被っていて、おそらく一番位が高い聖職者だろう。修道士らしき人たちが、青ざめて駆け寄っている。

「お前が聖女か」

訳が分からず、ぼうっとしてへたり込んでいると、目の前につかつかと現れた男性がいた。金髪に青い吊り目、ファンタジーものに出てくる王子みたいな衣装を着て、にやりとしながら瑠奈を見下ろしてきた。いかにも外国人って感じなのに、何故か日本語をしゃべっている。

「あ、あの……？」

瑠奈が固まったまま見返すと、男が明らかに不満そうにため息をこぼした。

「思ったより幼いな。まだ成人していないではないか。しかも黒髪に黒い瞳なんて……地味でつまらん。お前が聖女でなければ、俺様が目にかけることもなかったぞ。光栄に思え。俺様はこの国の第一王子、ミカエル・デ・ギズタリアだ」

柳眉《りゅうび》を顰《ひそ》めながら、男が手を差し出してくる。瑠奈は頭が真っ白になって、その手を凝視した。

（今……すごい馬鹿にしてきた？）

社会人になってから会社の人間としかしゃべってないので、久しぶりに馬鹿にされてぽかんとしてしまった。地味なのは自分でも分かっている。ストレートパーマかと疑うレベルのまっすぐな黒髪を後ろで縛っているだけの髪型だし、化粧もあまりしていない。着ている服も黒いTシャツにジーンズ、スニーカー、黒いリュックだ。会社に服装規定がないから、いつもこういう楽な格好で出勤していた。成人してないと勘違いされているのは、瑠奈の背が低く童顔だからだろう。

（っていうか俺様って！）

自分を俺様と素で言う人間には初めて会った。どこから突っ込んでいいか分からない。

「王子殿下、聖女様には敬意をお持ち下さい」

ミカエル王子と名乗った男の後ろにいた威厳のある中年男性が諫《いさ》めるように言う。顎髭《あごひげ》を生やした四十代半ばくらいの青い礼服を着た男だ。

「私は宰相のルチアーノ・モーリアスと申します。聖女様」

モーリアスと名乗った男は、胸に手を当ててお辞儀する。

「おい、何をぼけっとしている？　お前の名は？　早く立て」

ミカエル王子はイライラしたように、さらに手を突き出してきた。おそらく手を掴《つか》めということなのだろうが、勘違い男の手など触りたくない。

「……」

瑠奈はじりじりと後ろへ尻を這《は》わせて移動した。見知らぬ男たちに囲まれて、映画の撮影中みたいなセットに放り込まれ、何一つ分からない状況で考えたことはただ一つ。

（ここから逃げ出そう）

意味不明が乱立している場所は危険で、現状打破すべきという脳からの命令に従い、瑠奈はミカエル王子に背を向けて走りだした。

「なっ⁉」

ミカエル王子もまさか逃げると思わなかったのだろう。変な声を上げている。瑠奈は人のいない場所に向かって走った。だが、瑠奈を囲む人は多すぎて、修道士らしき服装の男たちが瑠奈の前に回り込んでくる。

「聖女様！　どちらへ行かれるのですか！」

修道士らしき男たちが瑠奈の腕を摑んでくる。

「離して！　誰よ、あなたたち！」

男の力で押さえつけられて、瑠奈は悲鳴じみた声で叫んだ。警察を呼びたくてもスマホはリュックの中だ。瑠奈が暴れると、修道士たちは顔を見合わせて困っている。こっちは怖くて泣きそうになっているのに、男たちは放してくれない。

「何なんだ、聖女というのはこういうものなのか？」

ミカエル王子が追いかけてきて呆《あき》れたように言う。

「聖女様、いきなりこの国へ連れてこられて混乱するお気持ちはお察しいたします」

この場を収めるように瑠奈の前に出てきたのは、白髪の老人だった。聖職者らしき格好で、柔和《にゅうわ》な顔立ちをしている。おそらくこの場にいる修道士たちの上司なのだろう。彼らは老人の指示を仰ぐようにしている。

「あなたたち、誰なんですか？　っていうか、ここはどこ？　何で私はこんなとこにいて、押さえつけられてんの？」

老人の口ぶりが丁寧だったのもあって、瑠奈はすがるように尋ねた。

「私はサマールと申します。神官の一人でございます。異世界に連れてこられてさぞや困惑なさっていることでしょう。聖女様がいらしたのはバルハラッド王国、ここは大神殿の召喚の間でございます。バルハラッド王国を救う聖女召喚の儀式を経て、あなた様はこの世界に導かれました」

サマールという老人がおごそかな口調で述べる。

「は？」

瑠奈としては、そう言うしかない。

「聖女様のお名前をお聞かせ下さい」

真剣な顔でサマールに聞かれる。きょろきょろと周囲を見回したが、サマールは自分しか見ていない。いや、サマールだけでなく、周囲にいる修道士やミカエル王子も自分しか見ていない。

「せ、聖女って、私が？」

失笑して聞き返す。

「はい、あなた様が十六代目の聖女様でございます」

冗談という返事を期待したのに、サマールはぜんぜん笑わない。瑠奈は顔を引き攣らせて、自分を掴んでいる男の手を振り払った。

「冗談やめて下さい。いや、ないでしょ。聖女って」

瑠奈が身震いすると、サマールが頭を下げる。

「いえ、間違いなくあなたが聖女様です。大神官様が間違えられるはずがありません。申し訳ないことに、大神官様は召喚術を行ったことにより、お倒れになりました。神官長のバルザ様は現在遠征中でありまして、私が聖女様の案内人を務めさせていただきます」

圧力を持ってサマールに迫られ、瑠奈はよろよろと後ずさった。

聖女召喚。漫画やアニメでよく見るあれが、自分の身に降りかかった——。

「うーん……」

瑠奈は眩暈を起こしてその場に倒れた。十六連勤の果てに聖女召喚なんて、きっと疲れのあまり幻覚や妄想を引き起こしたのだろう。とりあえず一度眠って起きれば、現実が戻ってくるに違いない。

「聖女様！」

遠くから騒がしい声が聞こえてくるが、瑠奈はそれ以上考えるのを放棄した。

次に目が覚めた時、視界に入ってきたのは洋風の部屋だった。高い天井に古めかしい壁紙、アンティークな調度品、寝ているベッドは天蓋《てんがい》付きだ。昔観光地で見た洋館がこんな部屋だったと思い出す。

「お目覚めになりましたか！　聖女様！」

重い頭を抱えながら上半身を起こすと、メイド服を着た女性が駆け寄ってくる。

（うわぁ……悪夢がまだ終わらない……）

目覚めたら自分の六畳ボロアパートに戻ると思ったのに、瑠奈の前に現れたのは茶髪の若いメイドさんだ。

「もう二日も目覚められず、どうしようかと思っておりました！　今すぐサマール様を呼んでまいります！」

メイドの子が安堵《あんど》した表情で瑠奈を見つめる。

「いや、ちょっ、待って」

部屋から出ていこうとしたメイドを呼び止め、瑠奈は額《ひたい》に手を当てた。寝ている間にゴムが取れたのか、長い髪が肩にかかっている。着ている服はそのままだが、荷物がない。

「あの、ここ本当にどこなの？　これ、夢じゃないの？」

サマールという老人は聞いたことのない王国名を言っていたが、まだ信じられない。聖女召喚とか、現実に起きたとしても、呼ばれるのは絶対に自分じゃない。

「ここはバルハラッド王国の王宮です。聖女様は大神殿でお倒れになって、こちらへ運ばれました。私はミュウ。聖女様のお世話を仰せつかっております」

ミュウは淡々と語る。いかにも外国人の女の子なのに、やっぱり日本語をしゃべっている。摩訶不思議《まかふしぎ》だ。

「夢じゃないんだ……。マジ頭がおかしくなるわ……」

目覚めても終わらない悪夢に瑠奈はげんなりした。理由も理屈も不明だが、自分はボロアパートに帰る途中で変な国へさらわれた。しかも聖女と間違えられて。

(え、どーやってうちに帰るの？)

聞いたこともない国から自分の国へ帰る方法が見つからない。ただぐっすり寝たせいか、少しだけ頭が回ってきた。

「ミュウ。私のリュック、どこにあるか知ってる？」

聖女だか召喚だか分からないが、面倒な匂《にお》いがプンプンする。瑠奈は寝ていた部屋を見回してミュウに聞いた。

「聖女様のお持ち物ならこちらに」

ミュウがクローゼットから黒いリュックを持ってくる。中身を確認したが、何も取られていなくてホッとした。ベッドに運ばれる際に脱がされたスニーカーも、床に置いてある。

「ありがとう」

瑠奈はにっこりとしてミュウに言った。ミュウが嬉しそうに微笑《ほほえ》み「ではサマール様をお呼びします」と部屋を出ていく。

瑠奈は足音が遠くなるのを確認し、ベッドから飛び出し、リュックを背負い、スニーカーを履《は》いた。

（ごめん、ミュウ。私は逃げるわ）

面倒事の予感しかないのに、この場で待つ馬鹿はいない。瑠奈はドアに近づき、そっと開けた。廊下には帯剣した衛兵らしき男が数名立っている。廊下から逃げるのは無理そうだ。瑠奈はドアを閉め、近くに置いてあった箪笥《たんす》をドアの前に移動した。これで少し時間が稼げるだろう。

次に窓を開け、ここが二階だというのを確認する。バルコニーは木製で、近くに大きな木が生えていて、生い茂った枝葉がバルコニーにかかっている状態だ。部屋の中にはロープ状のものはなかったので、逃げるなら木に飛び移るしかない。

「はぁ……、私はできる、私はできる、私はできる……」

ぶつぶつ呟《つぶや》きながら、バルコニーに足をかけ、深呼吸して太い枝に飛びついた。バルコニーの手すりからジャンプするなんて初めてで、正直不格好だったに違いない。それでも何とか枝にしがみつき、ずり落ちながら木の幹に移動する。

「うわーっ、うわーっ、やればできたっ」

心臓が早鐘のごとく鳴っている。二階から落ちなかった自分を褒めたい。上出来、上出来。あとはゆっくりと木から下りていけばいい。

「う……っ、意外と大変……っ」

二階とはいえ思ったより高く、慎重に幹の引っかかりに足をかけた。こんなことなら日頃から鍛えておけばよかった。やっぱりデスクワークは身体を鈍らせる。

「きゃ……っ」

滑り落ちないように、樹木のでこぼこしたところに足を置き、下りていったつもりだった。だが、何かの拍子に足を滑らせ、気づいたら宙に舞っていた。

（落ちる！）

息を呑《の》んで衝撃を覚悟した――次の瞬間、痛みではなく、どさっという音と何かに包まれる感覚があった。無意識のうちに閉じていた目を開けると、誰かの身体を下敷きにして寝転がっている自分がいた。

「あっぶな、大丈夫？」

唖然《あぜん》としていると、自分の身体を抱き留めた青年が、ホッとしたように言う。何が何やら分からなかったが、青年が落ちた自分を受け止めてくれたのは理解した。間近で見つめられて、どきりとする。彫りの深い顔立ちに翡翠色《ひすいいろ》の瞳、さらさらした金髪のイケメンが瑠奈を抱えている。

「ひっ」

イケメンに抱きしめられる経験など皆無だったので、瑠奈は悲鳴を上げて飛びのいた。地面に尻をつけているイケメンは目を丸くしてこちらを見ている。

「やー、ごめん。驚かせちゃった？　偶然歩いていたら、木登りしてる女の子がいるから、落っこちそうだなと思って。無事受け止められてよかった。怪我はない？」

イケメンはにこにこして立ち上がり、汚れたズボンを手で払う。

「すすすすみません！　ご迷惑をっ。そちらこそ、お怪我ありませんか⁉」

他人に迷惑をかけないで生きろというのが亡くなった祖父母のよく言っていた言葉だ。瑠奈はぺこぺこと頭を下げ、上目遣いでイケメンを見た。顔がいいだけでなく、高身長でガタイもいい。着ているものは着古した麻のシャツに汚れたズボンなので、身分はそう高くないのだろう。歳の頃はおそらく二十代前半くらい。干し草の匂いがする。

「俺は平気。君は大丈夫？　可愛い顔に傷がついたら、世の男の損失だからね」

明るい声でウインクされ、瑠奈は固まった。

（チャラ男！　そして陽キャ！）

助けてくれたのは有り難いが、瑠奈にとっては天敵ともいえる世界が違う男。瑠奈はじりじりと距離を取り、愛想笑いを浮かべた。

「助けて下さってありがとうございます。では私、急ぎますのでこれで……」

今はこの王宮から逃げるべき。瑠奈は門のほうへ速足になった。バルコニーから見えた王宮の出入り口はこっちのほうにあった。引き留められる前に早く出ていこう。

「あっ、ちょっと待って。君、聖女様でしょ?」

目立たないように庭園を突っ切っていこうとした瑠奈を、よりによってチャラ男が追いかけてくる。

「いえ、違います、人違いです」

青くなりつつ足を速めていると、チャラ男が横に並んで顔を覗《のぞ》き込んでくる。

「いや、どう見ても君でしょ。そんな格好して、目立つことこの上ない。それに黒髪、黒目で誰がどう見ても……」

呆れたように言われ、そういえば自分の服装がここでは浮いていると気づいた。中世ヨーロッパ風のコスプレイヤーの中にジーンズを穿《は》いている女性は明らかに異質だ。

「何で逃げ出そうとしてんの? 聖女召喚で来たんでしょ? 好待遇が保証されてるのに。あ、俺はルイ。何か困ってるなら助けるけど?」

不思議そうに聞かれ、瑠奈《わ》は不審げに男——ルイを見返した。好青年風を装っているが、ぐいぐい来られると疑惑が湧く。とはいえ、知り合いもいないこの場では目の前の手を握るべきか。

「聖女様ぁ！」

悩んだのも束の間、メイド服の女性がわらわらとやってきて騒ぎだす。隠れる場所もなくてすぐに彼女らに見つかり、瑠奈は駆けだそうか悩んだ。

「門を抜けるのは無理だと思うよ？　門兵はいるし、塀を乗り越えるのも女の子には無理じゃないかなぁ」

同情気味に囁《ささや》かれ、瑠奈はうぐっと下唇《したくちびる》を噛んだ。

「……いきなり知らないところに連れてこられて、逃げ出したくなったんだね。今はこの場にとどまって、この世界に馴染むのを優先したほうがいいんじゃないかな。王宮が嫌なら神殿に引き取ってもらえばいいよ。神官はまともな人が多いから」

ぽんと頭に手を置かれ、瑠奈はルイを見上げた。身長差がエグイ。自分は小柄だし、目の前の男は高身長だ。にこにこして頭を撫《な》でられ、ムカッとして手を振り払う。

「チャラい！」

「えっ」

頭を撫でられるなんて、子どもの頃にもほとんどされたことがない。ルイは手を振り払われるのが珍しいのか、言葉の意味が分からなかったのか、目を丸くしてこちらを眺めている。そうこうしているうちにメイドたちに囲まれて、あえなく逃亡は断念となった。

「聖女様っ、どうして逃げ出そうなんて！」

メイドたちに口々に責められながら、瑠奈は王宮に引きずり戻された。去り際にちらりとルイを振り返ると、笑顔で手を振っている。変な男だった。この世界の男が全員あんな軽い男だったらどうしよう。どんよりした足取りで引きずられながら、瑠奈は晴れ渡った空を見上げた。


再び部屋に戻されると、ミュウは涙を流して震えていた。他のメイドが「アタシじゃなくてよかった」と言っているのが聞こえてくる。すぐに血相を変えた宰相と、昨日話しかけてきた神官のサマールがやってきて、「逃げ出すなんて何事か」と説教された。

「聖女様、どうか逃げるなど二度と考えないで下さい。この国にはあなたが必要なんです」

サマールの話によると、この国には瘴気《しょうき》と呼ばれる穢《けが》れた空気が立ち込めた土地と、魔獣が存在する。聖女の役割は瘴気を浄化することと、負傷した騎士たちを癒すこと。この国では百年に一度、聖女を召喚できるそうだ。瑠奈が呼び出されたのはまさに百年に一度の機会だったそうで、次の聖女を呼べるのは百年後らしい。

（そんなこと言われてもねー）

サマールの話が壮大すぎて、聞いている瑠奈も肩が重くなってきた。

「でも私が聖女とか、絶対ないと思うんです。そういうキラキラしたキャラじゃないんですよ？　そもそも聖女ってあれでしょ？　魔法とか使うんでしょ？　私は使えませんし」

サマールと一緒にやってきた宰相と中年男性二人は、国の重要ポストについている重鎮らしい。そんな大人たちに囲まれて、瑠奈は逃げ出したい一心で言い募った。漫画やアニメだったら喜んで聖女の役割を果たすのかもしれないが、自分はそういう物語の主人公になるタイプではない。召喚は何かの間違いとしか思えないのだけれど。

「聖女様の使う聖魔法はこれから勉強していただきます。有能な指導者がおりますので、ご安心を。あなた様はそこにいて下さるだけで、存在が尊い方なのです。どうか、我らをお見捨てなきよう。聖女様のために誠意を尽くしますので」

サマールは高齢の神官だが、物腰は丁寧で信頼できそうな感じがする。しかし、後ろにいる宰相と重鎮二人はずっと厳めしい面で瑠奈を見ている。

「逃げ出さないように手を打つべきじゃないか？」

「そうだな、聖女を逃がしたと分かれば他国に笑われるぞ」

こそこそとドアの前で話しているのが丸聞こえだ。ゾッとして瑠奈はサマールに寄り添った。そういえばルイは神殿にはまともな人が多いと言っていた。チャラ男を信じるわけではないが、こそこそ話している重鎮よりはマシな気がする。

「あのぅ、ここってお城なんですよね？　私には馴染みがなさすぎるので、おじいちゃ……おじさまのいる神殿に行きたいんですけど」

危機感を覚えて瑠奈が言うと、サマールが困ったように振り返る。

「私のことはサマールと呼び捨てにして下され。神殿に移動するのは願ってもないことですが……、陛下の許可がないと不可能です。それに聖女様は王子との婚約を控えていらっしゃるので王宮にいたほうがよいのではないですか？」

サマールに首をかしげられ、瑠奈は口をあんぐりと開けた。

「王子と婚約？　いや、無理です。無理無理。まさか、あの俺様男？　ないです」

当然のような口ぶりで婚約話を出され、頭が痛くて仕方ない。この世界の人たちの常識が分からない。

「えっ、王子と婚約ですぞ？　世の女性が望むものですのに……。はぁ、今代の聖女様は変わっておられるのですな」

日本で生まれ育った瑠奈からすれば、そもそも王子に馴染みがない。

「しかし聖女様の預かりを勝手に決めるわけにはいきません。神殿にいらしていただけたら我らも嬉しいのですが、肝心の大神官様がお倒れになったままですし……。とりあえず陛下には聖女様の意向をお伝えいたしましょう」

サマールが宥《なだ》めるように言い、ちらりとドアのほうを見た。

「聖女様。どうぞ、我が国の衣装に着替えてもらえますでしょうか？　この後、陛下とのお目通りがございます」

サマールはドアの傍《そば》に控えていたミュウを手招きする。ミュウはどんよりとした顔をしている。

「聖女様、勝手に逃げ出すようなことになれば、このミュウが罰を科されます。軽くても鞭打ち、重ければ斬首刑です。どうかそのような非道な行いはなさいませんよう」

サマールが重々しく告げ、瑠奈は絶句してその場にしゃがみ込んだ。

「ざざざ、斬首刑って、マジで⁉　軽くて鞭打ちとか重すぎでしょ！」

真っ青になって瑠奈が叫ぶと、ミュウが涙を溜めて見つめてくる。まさか自分が逃げただけでメイドがそんな目に遭うとは思わず、瑠奈は急いで立ち上がって大きく頭を下げた。

「ごめんなさい！　そんなこととはつゆ知らず！　本当に申し訳なかったです！」

誠心誠意謝ると、ミュウが慌てたように手を振る。

「い、いえ……っ、聖女様のお気持ちに寄り添えなかった私が悪いのですから……」

「いやっ、あなたはぜんぜん悪くないです！　私の世界との常識が違いすぎて……っ」

ミュウと互いに頭を下げ合い、一通り謝り尽くす。最初はこんな面倒くさい場所から逃げ出したい一心だったが、自分が逃げることで誰かの首が斬られるのは嫌だ。

（何だか聖女って、人質っぽくない？）

不穏な空気が立ち込めて、ますます逃げたい気持ちは高まってくる。何にせよ、しばらくはここで様子見をするしかなさそうだ。

「ではミュウ、聖女様のお着替えを手伝うように」

サマールに言われ、ミュウがこくりと頷《うなず》く。そこでようやく宰相と重鎮二人とサマールが部屋から出ていった。ミュウはクローゼットから白いドレスを取り出してくる。クローゼットの中には聖女の制服なのか、白いシスターのような服が何着も吊り下がっていた。

「聖女様のために用意された礼服でございます。サイズは合うと思うのですが……」

ミュウが広げた白いドレスはシルクでできていた。金糸で刺繍《ししゅう》がされたいかにも高そうなドレスだ。そもそもドレスなど着たことがなく、ふだんズボンばかり穿いているので気《き》後《おく》れした。待ち構えているミュウに嫌だとも言えず、仕方なく瑠奈は着ていた衣服を脱いだ。

「よかった、ぴったりですね」

着せられたドレスは足首まで隠れるもので、鏡を見せてもらったがあつらえたようにサイズが合っている。久しぶりに女性らしい格好をした。

「お化粧はあまり派手じゃないほうがよいですよね？　髪はどのようになさいますか？　ネックレスや髪飾りも用意してございますが」

ミュウは化粧道具を取り出し、瑠奈をドレッシングチェストの前に座らせる。

「待たせてるし、最低限でいいです」

ドアの外にはサマールと宰相、重鎮二人を待たせているのだ。瑠奈がそわそわして言うと、ミュウがささっと瑠奈に化粧を施した。この国の化粧品は古めかしいものの必要なものは揃《そろ》っている。中世ヨーロッパ風の世界にしては違和感がある。

「代々聖女様は新しい技術を私たちに示して下さいます。この化粧品は先代の聖女様が開発なされたものです」

瑠奈の疑問にミュウが答える。どうやら百年に一度呼ばれる聖女が、その当時の技術をこの国へもたらしているらしい。

「できました」

瑠奈に真珠のネックレスをつけ、ミュウが頭を下げる。ミュウの腕がいいのか、いかにも聖女っぽくなった。黒髪を垂らし、こめかみの辺りに白い造花の髪飾りをつけられる。

「これから王様に挨拶《あいさつ》するんだよね？」

瑠奈はため息をついて重い腰を上げた。そうです、とミュウに背中を押され、しぶしぶ瑠奈はドアに向かった。

「聖女様のお荷物はクローゼットにしまっておきますので」

リュックを持っていこうとしたらミュウに止められた。スマホを持たないのが不安でたまらない現代人の瑠奈としては、ますます行く気が失せた。

「行きたくないなぁ……」

会社の社長とさえ対面したことがないのに、よりによって国王と会わねばならないとか無理ゲーすぎる。瑠奈がうだうだしていると、ミュウによってドアが開かれ、サマールと宰相、重鎮二人に出迎えられた。

「おお聖女様、ドレスがよくお似合いです。さぁ、陛下の元へ参りましょう」

宰相は瑠奈のドレス姿に安堵した様子だった。この世界ではズボンは男しか穿かないらしい。

「さぁ、参りましょう」

逃げられないように両脇を囲まれ、瑠奈は謁見《えっけん》の間へと連れていかれた。

謁見の間は大きなホールだった。大理石の床に玉座まで続く赤いカーペット、玉座にはいかにも王様っぽい格好をした中年男性と、王妃様っぽいドレスを着た中年女性が座っていた。その横には若い男女が三人並んでいる。そのうちの一人が昨日会った俺様王子だった。玉座より一段低い場所には十数名の貴族っぽい人たちが並んでいる。多分、瑠奈を見に来たのだろう。作り物の世界に紛れ込んだ異邦人みたいだと思いつつ、瑠奈はサマールに連れられ、国王陛下の前に立たされた。国王に会う際の礼儀作法など何一つ知らないので、サマールの袖をひたすら引っ張った。

「カーテシーはできますか？」

サマールに耳打ちされ、聞き覚えのない単語で目が点になった。そういえばこの前見たアニメで主人公がドレスの裾を持ち上げて片膝《かたひざ》を曲げていた。あれのことだろうか？

「無理です」

絶望的な表情でサマールにしがみつくと、安心させるように背中を軽く叩《たた》かれる。

「国王陛下にお目にかかります。こちらは召喚された十六代目聖女様でございます。まだこの世界の常識に疎く、困惑しておりますゆえ、不敬な振る舞いはご容赦願います」

サマールが仰々しい言い方で国王に進言する。瑠奈も慌てて頭を下げ、ちらりと国王を見た。ヨーロッパ系の青い目に金髪、少し厳つい顔の男だ。えらが張っていて、にこりともしないので回れ右して逃げたくなる。隣の王妃らしき女性も怖そうで、扇で口元を隠している。

「そのほうが今代の聖女か。よくぞ参った。名は何と申す」

厳かな声で国王に言われ、瑠奈はびくっと背筋を伸ばした。

「は、はい、香椎瑠奈です」

びくびくしつつ答えると、国王が顎を撫でる。

「聖女よ、そなたに求めるのはこの国を富ませること、そして瘴気を取り払うことだ」

じろりと瑠奈を見下ろし、国王が言う。横柄なその態度に、瑠奈は内心カチンときた。

（いや、何で私がやること前提になってんのよ。私あなたの国民じゃありませんけど？）

国を富ませるとか、たかがゲーム会社の女性社員にできるわけがない。瘴気に関しても雲を摑むような話だ。

「聖女には第一王子との婚姻を決めておる。ミカエル王子」

国王が顎をしゃくり、脇に控えていたミカエル王子が一礼して前に進み出る。ミカエル王子はふんと鼻を鳴らし、瑠奈を高い場所から見下した。

「昨日よりはいくぶんマシになったようだな。幼いし、俺の好みではないが、俺様の婚約者として迎えてやるから光栄に思え」

胸を張って言われ、瑠奈はあんぐりと口を開けた。瑠奈の周囲にはここまで俺様な態度を見せる人間はいなかった。いくら王子とはいえ、こんなにひどい男と婚約なんてありえない。

「あ、あの私は……婚約なんてしたくないです！」

このまま黙っていると婚約を受け入れることになりそうで、瑠奈は焦《あせ》って口を開いた。とたんに場がしんと静まり、貴族たちからかすかな笑いが漏れる。それがミカエル王子には腹立たしかったのだろう。カッと赤くなり、目を吊り上げて地団太《じだんだ》を踏む。

「貴様、俺との婚約を断ると言うのか⁉　生意気な！」

「お、王子、聖女様はまだこの国の常識をよくご存じないので……っ」

語気荒く詰め寄ってくるミカエル王子に、サマールが平身低頭で言い募る。サマールに強引に頭を押さえつけられ、瑠奈はじたばたと抗《あらが》った。

「まぁ、何と不敬なことでございましょう。異邦人というのは礼儀作法もご存じないようね」

貴族の中にいたドレス姿の若い女性の声が聞こえる。贅《ぜい》を尽くした真っ赤なドレスに美しく結い上げられた髪型、高そうな宝石を身につけている。目が合うと、にたりと笑われた。瑠奈が婚約を断ったのは、信じ難い暴挙のようだった。

「聖女様が王家との婚約を断るなんて……」

貴族たちもざわざわとしている。

「恐れながら陛下、聖女様はまだこの世界についてよくご存じないのです。婚約などの話はおいおいでよろしいのではないでしょうか。我らがよく言って聞かせますので」

ざわつく場を収めるように、サマールが必死に頼み込む。瑠奈も空気を呼んでサマールの横に跪《ひざまず》いて頭を下げた。本当は名前も知らない王様にへりくだった真似など嫌だったが、先ほどから壁に並んでいる衛兵たちが瑠奈を睨みつけているのが気になる。

「……そのほうに任せよう。もうよい、連れていけ」

不機嫌そうな態度で国王が手を払う。サマールはホッとした様子で何度も頭を下げ、瑠奈の腕を引っ張って謁見の間を後にした。瑠奈はもやもやした思いを抱えたまま、サマールに引きずられた。

「……聖女様！　どうか、陛下には礼儀正しい態度で臨《のぞ》んで下され！」

廊下を進み、人気《ひとけ》がなくなったところで、サマールが冷や汗を垂らしながら言った。

「そんなこと言われても、私だって黙っていられないですよ！　婚約とか、絶対無理です。私にだって選ぶ権利が」

「聖女様と王族の婚姻は決められたことです！」

サマールに頭ごなしに怒鳴られたが、そんな話聞いていない。

「そんなの困ります！　そもそも私ここの人間じゃないし！　あんな性格悪そうなモラハラ男と婚約とか嫌に決まってるでしょ！」

「せ、聖女様、声を落として！　もし聞かれたら処刑されるような暴言ですぞ！」

イライラしていたのもあって瑠奈が声を荒らげると、サマールが真っ青になって口をふさいでくる。この発言で処刑なんて、悪夢以外の何物でもない。

「そんなに王族って偉いんですか？」

困惑して瑠奈が足を止めると、サマールが額に手を当てる。

「陛下の命令は絶対です。陛下が婚約を命じられたのなら、それを受けるのが当然です。断るなんてありえません」

時代錯誤な発言に瑠奈はくらくらした。

「断ったらどうなるんですか？」

すでに嫌だと言ってしまったのだが。

「場合によっては不敬罪で牢に入れられてもおかしくないです。万一断る場合は根回ししてあらゆる手を使い回避します。あのように真っ向から断るなど、ありえません。私も説明不足でした。聖女様の世界では、拒否できるのでしょうか？」

サマールは疲れたようなそぶりで瑠奈に部屋に戻るよう促す。

「ともかく陛下への謁見はすませましたので、これから聖女様の教育が始まります。きっと陛下も聖女様がお力を示されれば気を取り直して下さるでしょう。明日から教育係が来ますので、指示に従って下さいませ。どうぞ、逃げ出すような真似はなさいませんように」

瑠奈の部屋に戻ると、サマールが大きなため息をこぼした。ミュウは部屋の前で待っていて、瑠奈の姿を見てサッとドアを開ける。

「前代未聞の出来事ですぞ……」

サマールはそう言い残して去っていった。

部屋に戻ると、ミュウが「お茶をご用意しましょうか」と声をかけてきた。何だかぐったりしていたので、瑠奈は首を横に振った。

「少し一人になりたいです」

瑠奈が硬い顔つきで言うと、ミュウは頷いて部屋を去っていった。部屋に一人きりになり、つい「うがーっ」と大きな声を上げ、ベッドにダイブした。

（何で私が悪いみたいになってんの⁉）

時間が経つにつれ、腹が立ってきてしょうがなかった。何故頭ごなしに命令されなければならなかったのか、ちっとも分からない。聖女召喚とやらで勝手に連れてこられた挙げ句、王子と婚約しろだの、国を富ませろだの言われても、納得いかない。

（これ絶対悪夢でしょ！）

枕に頭を叩きつけてみたり、頬《ほほ》をべしべし叩いてみたりしたが、一向に現実に戻らない。アパートは目の前だったのに、どうして自分はこんな悪夢を見ているのだろう。アニメや漫画が好きといっても、あくまで読者目線の話だ。自分が不思議な世界に入りたいなんて思ったことは一度もない。

「そうだ！」

ハッとしてベッドから飛び下り、クローゼットの中を開ける。ミュウがしまってくれたリュックを取り出し、中からスマホを出した。

「圏外じゃん！」

スマホの充電は残っていたが、ネットと繋《つな》がらない。これではスマホゲームのログインボーナスもらえないではないか！

「イベント完走できなかった……っ」

大好きなスマホゲームのイベント中だったのに、ネットと繋がらないのではアプリを開くことすらできやしない。今までで一番の絶望を抱え、瑠奈はその場に突っ伏した。

■2　聖女じゃない！

覚めない悪夢が続き、瑠奈もこれが現実なのだと受け止め始めた。

理由はさっぱり分からないが、自分は見知らぬ世界に連れてこられた。聞いたことのない国名に、ありえない魔法の世界、ついていけない貴族社会に王様という絶対的存在。

これらを受け入れるにはまだ時間がかかりそうだが、すぐに日本に戻れないというなら、しばらくここで生活基盤を築かなければならない。

瑠奈をこの世界に呼び出した悪の権化《ごんげ》は大神官だ。瑠奈としては自分の世界に帰してもらうべく交渉したかったのだが、聖女召喚には大きな魔力が必要だったようで、肝心の大神官はずっと意識が戻らない状態らしい。百年前に聖女を呼び出した大神官はそのまま亡くなってしまったそうで、聖女召喚というのは命をかけて行う大事業だった。呼ばれたこちらとしては、はなはだ迷惑極まりない出来事だ。

大神官が目覚めるまでに時間がかかるというので、瑠奈は仕方なくその間はサマールの指示に従って王宮にいた。あれから何度か神殿に移動したいと願い出たが、サマール曰《いわ》くその許可は下りなかったそうだ。

瑠奈には家庭教師が数人ついた。この世界の歴史を教える教師が一人、ダンスや礼儀作法を教える教師が一人、魔法を教える教師が一人だ。もともと勉強は嫌いではないので、この国の歴史に関して覚えるのはそう難しくはなかった。ダンスや礼儀作法も、一定の型があればそれを覚え込むことはできる。

「聖女様、我が国は歴代の聖女様から知識をいただき国を富ませてきました」

授業以外にも、宰相や大臣という重鎮がやってきて、瑠奈に質問をしてきた。会議室に連れていかれ、男の人たちに囲まれて椅子に座らされる。

「聖女様の住む世界の知識を伝授して下さい」

いわゆる技術職らしき男性も現れ、瑠奈に迫ってくる。この世界に来て、文明が似ていると思ったことは何度もある。トイレや風呂、シャワーなどは少し古くさいが使い方は同じだし、食べ物も似たようなものが出てくる。それらは百年前に召喚された聖女が自分の知識を伝えたおかげらしい。

「そんなこと言われても……えーっと家電とかってこと？　ですかね？　一番新しい知識だとスマ……」

スマホについて話そうとした瑠奈は、あることに思いついてハッとした。

「あの……この国って電気はあるんですか？」

部屋のどこにもコンセントが見当たらない。瑠奈のスマホはとっくに充電切れで、今は何も使えない状態だ。

「電気……？」

宰相や大臣、技術職の男性たちもきょとんとする。まさか電気という概念がないのだろうか？　百年前にも電気はあったはずだから、前の聖女が何かしていると思ったのに。

「ない……わけないですよね？　だって夜になると部屋が明るくなるし」

夜になると部屋には自然と明かりが灯るシステムになっていたから、てっきりセンサーで明かりがつく最新式のものが取り入れられていると思っていた。

「電気が何か分かりませんが、あれは魔道具です」

宰相に説明され、瑠奈は大いなる勘違いをしていると知った。この国にはまだ電気はなく、代わりに魔石というもので電気に似た機能を果たしているのだ。おそらく前聖女もそれがあるから電気という知識を持ち込まなかったのだろう。

「髪を乾かすドライヤーとか洗濯機とか冷蔵庫とか、そういうものはあるのですか？」

念のために聞いてみると、すでに似たものが作られていた。全部魔石が埋め込まれた魔道具で、高級品なので貴族の中でも金持ちしか持っていない。ここは王宮なのでそういう魔道具が完備されていると言われた。

「え……、それじゃ特にないかも……」

瑠奈は頭をぽりぽり掻《か》いて言った。スマホやタブレット、パソコンというものはなさそうだが、それを言ったとしてもこの世界に意味があるとは思えない。インターネットもないだろうし、メールを送る相手もいない。スマホの本体は持っているが、それを渡すのは抵抗があった。この世界の人に弄《いじ》くり回されて壊されたらシャレにならない。自分の世界に帰った時に使えないのはすごく困る。いろんな情報もスマホに入れているのだ。

「百年も経っているのですぞ、そんなはずはない」

大臣は瑠奈の消極的な態度に苛立《いらだ》ったそぶりだ。新しい知識を得ようと意気込んできたのに、肩透かしを食らったせいだろう。

「そんなこと言ったって……、電話とか？　画像を映すテレビとか？　でも広範囲にケーブルを引かなきゃならないから無理ですよね。そういう機器の作り方なんて私も知らないし。遠くにいる人と連絡とりたい場合はどうするんですか？」

瑠奈も必死に頭を巡らせたが、この世界に電線を張り巡らせるのなんて現実的じゃない。

「魔法士の作った鳩《はと》を飛ばします。相手のところへ行くと、吹き込んだ声を流します」

技術職の男性に教えられ、メールに似た機能はすでにあると分かった。

「テレビ……とは何か分かりませんが、大勢の人が同じ映像を見る魔道具はあります。数分ですが録画でき、再生できるものです」

前聖女は百年前に来たらしいが、瑠奈が来るまでの間に、人々は便利な機器を開発している。

「……じゃあ、特にないです」

瑠奈は考えるのが面倒くさくなり、あっさりと言った。とたんに宰相や大臣、技術職の人たちが恐ろしく冷たい目で瑠奈を見てきた。そういうつもりは微塵《みじん》もなかったが、瑠奈が知識を隠そうとしていると思ったようだ。

「聖女様の荷物を押収しろ」

大臣が後ろに控えていた衛兵に告げる。衛兵は敬礼してすぐに部屋を出ていった。

「えっ！　ちょっと！　やめてよ！」

瑠奈が青ざめて立ち上がると、横にいた男が無理やり椅子に押しつける。人の荷物を勝手に持っていくなんて、ありえない。瑠奈の人権を無視している。

「こちらです」

ややあって衛兵が瑠奈のリュックを運んできた。大臣たちが勝手に中を見ようとするので、瑠奈は怒りを感じて取り返そうとした。すると衛兵に押さえつけられ、身動きが取れなくなる。

「これは何でしょう？」

リュックの中には財布やスマホ、ポーチ、それにタブレットとペットボトルやお菓子が入っていた。乙女の荷物を勝手に漁られて、まるで職務質問されているみたいだ。大臣たちは案の定、スマホやタブレットが気になった様子だ。

「何という滑らかな手触り……石板の類いでしょうか？　このように薄く均一で、美しい曲線を作れるとは信じ難いですな……」

技術職の男性たちはタブレットの形状自体に驚いている。ボタンがあるので操作しようとしているが、長押しに気づかなかったようで画面は黒いままだった。

（もし開けられても指紋と暗証番号の二段階認証だから無理でしょ）

この世界の人間に指紋認証や暗証番号という発想があるとは考えにくい。勝手にスマホを開けられる危険性はないと感じ、瑠奈は少しだけ冷静になった。

「聖女様、これは何をするものですか？」

大臣たちに詰問されたが、勝手に触られて不快だったので無視することにした。技術職の人たちはああでもないこうでもないとタブレットを抱えて意見を交わし合っている。

「協力する気はないようですな。ではこちらはしばらく預からせてもらいますよ」

瑠奈の頑《かたく》なな態度に苛立ったのか、大臣が荷物をすべて持っていってしまった。

「泥棒！　返してよ、私の荷物！」

抗議したが、誰も聞いてくれない。聖女召喚とかいって持ち上げたくせに、やっていることはほとんど権力者の横暴だ。

その後も何度か技術職の人がスマホとタブレットについて尋ねてきたが、腹が立ったので無言を貫いた。きっと今頃解体されているに違いない。解体されたところで、半導体の意味すら知らないこの世界の人にタブレットやスマホを扱えるはずがない。奪われたのは悔しいが、この世界では使い道がなかったので諦めることにした。後日、スマホとタブレット以外の持ち物は返してもらったが、財布の中身は取られているし、免許証も奪われて散々だった。ミュウから教えてもらったのだが、彼らは日本語が読めないものの、小さな写真や細密な紙幣、硬貨の技術を会得しようと見本代わりに持っていったらしい。

（はーもう！　元の世界に戻ったら、あらゆる場所に連絡入れて再発行しないと）

クレジットカードや銀行のキャッシュカードまで奪われ、災害に遭ったみたいだと落ち込んだ。

瑠奈を憂鬱《ゆううつ》にしたもう一つの問題は、魔法の授業だ。

この国では火魔法、土魔法、風魔法、水魔法という四元素を元にした魔法が存在する。聖女の治癒魔法はそれとはまったく別の力で、聖女にしか使えない特別なものらしい。最初その話を聞いた時、瑠奈は少しだけ心が浮き立った。こんな世界に飛ばされて腹は立つものの、自分が魔法を使えたらさぞかしかっこいいだろうなと思ったのだ。

ところが、現実はやはりそう簡単なものではない。

最初は魔法の理論的な内容なので興味を持って聞いていたが、いざ実技の段階になると問題が生じた。教師の言った通りの呪文を唱えても、まったく魔法が発動されないのだ。

「おかしいですね……どうして魔法が発動されないのでしょうか」

瑠奈に魔法を教える魔法士のカトリーヌは、途方に暮れたように呟いた。カトリーヌは三十代半ばの柔和な顔立ちの女性だ。瑠奈が魔法を使えないので、自分の教え方が悪いと思ったのか別の魔法士を連れてきた。

ところが二人目の魔法士に指導されても、瑠奈は一向に治癒魔法が使えなかった。

「ヒール！」

王宮の中庭で何度も教えられた呪文を唱えたが、何も起こらない。カトリーヌの指にはナイフで切った小さな傷があるのだが、それは一向に治らず血が滲《にじ》み出ている。

「何も起こりませんね……。魔力をまったく感じません」

二人目の魔法士もため息をこぼし、首を横に振った。

「どうしましょう。私たちのせいではないというと……」

カトリーヌがおそるおそるというように瑠奈を振り返る。

（私のせいですね……）

瑠奈はがっくりきて顔を覆った。漫画やアニメみたいに傷を治せるかと期待したが、そんなものはしょせん夢物語でしかない。

聖女が治癒魔法を一切できないというのは大変なことだったらしい。瑠奈は青ざめたサマールに神殿に連れていかれた。

神殿は王城から馬車で二十分ほど揺られた先にあった。ノートルダム大聖堂に似た石造りの壮麗な建物の中に、白い制服を着た修道士や修道女がたくさんいた。彼らは瑠奈を見ると一様に頭を下げる。

「聖女様、どうぞ、こちらの水晶に手を置いて下さい」

サマールが神殿の奥にある部屋へ瑠奈を手招きして言った。大きな女神像の前に巨大な水晶が置かれている。サマールの他に、神官らしき男が数名いた。彼らは期待を込めた眼差しで瑠奈を見ている。

「これ、何ですか?」

水晶に手を当てろと言われ戸惑っていると、サマールが「魔力値を図る魔道具です」と答える。よく分からないまま瑠奈は水晶に手を置いた。……特に何も変わりはない。

「何ということだ」

瑠奈が水晶を覗き込んでいると、後ろにいた神官たちがざわつき始めた。サマールを含め、神官たちは皆、青ざめている。

「何かヤバかったですか?」

明らかに悪い方向で彼らがざわついているのが分かり、瑠奈は不安になってサマールを見た。

「魔力が……ほとんどないです」

沈痛な面持ちでサマールに言われ、瑠奈も納得した。むしろ魔力があったら驚いていただろう。そもそも魔力とは縁のない世界で暮らしていたのだ。あるわけないと思っていた。

「やっぱそーですよねー。ヒールとか唱えて漫画みたいに治癒できるわけないっつーか」

ハハハ、と笑ってしまうと、神官たちに恐ろしい目で睨まれた。

「前代未聞の出来事ですぞ！　サマール殿、これではどうやって……っ」

「大神官様ともあろうものが、まさか聖女じゃない者を召喚したと……っ!?」

神官たちが声高に言い合いを始める。自分に魔力がないのはかなりヤバいことらしい。もともとあるわけないと思っていたが、こうもないないと騒がれると身の置き所がなくなってくる。

（別に私が呼んでほしいと言ったわけじゃないけど……っ）

神官たちが聖女を切望していたのはよく分かった。百年に一度しか呼べない存在だったのだ。瑠奈が来てがっかりしたことだろう。喧々囂々《けんけんごうごう》と言い合いを続ける神官を眺め、瑠奈はため息をついた。

「あのー……私はどうすれば？」

いつまで経っても話し合いに決着がつかないので、瑠奈は耐えかねてサマールに声をかけた。サマールは絶望的な表情で肩を落とす。

「分かりません……。聖女様に魔力がないなんて聞いたことがないので……。とりあえず陛下にご報告します」

また陛下か、と瑠奈は嫌気が差した。初対面であんな失礼な発言をした王様が、瑠奈に魔力がないと知ったらどうなるのだろう。気が重くなり、ますます見通しが利かなくなる。いつになったら自分のいた場所へ帰れるのだろう。

険悪なムードで口論を続ける神官に背を向け、瑠奈はうつろな眼差しになった。

瑠奈に魔力がないという報告がされた後、申し訳なさそうな顔のミュウがやってきて、「お部屋のご移動をお願いします」と言ってきた。

瑠奈は今まで過ごしていた部屋から、明らかに格下の部屋へと移された。王城の北側にある掃除も行き届いていない離宮だ。ミュウは言葉を濁したが、おそらく問題が起きた側室や妾《めかけ》の子が使う部屋。唯一使える部屋の壁は板そのままで、ベッドは硬く、部屋は六畳くらい。食事もグレードが下がり、パンとスープだけになった。こんな扱いに変わったのなら自由にしていいのかと思いきや、授業は今まで通り受けろとお達しがあった。まだ上の人間は瑠奈が聖女の力に目覚めるかもしれないと思っている。

「はぁ……。いくらやっても無駄だと思うけどなぁ……」

他にやることもないので授業を受けるのは構わないが、時間の無駄としか思えない。

案の定、一カ月経っても、二カ月経っても、瑠奈は治癒魔法を使えなかった。

だんだん唱える呪文も空しくて力が入らなくなる。意気込んで言おうと、適当に呟こうと、発動しないものは発動しない。

「ほら、あれ……。あの人が無能聖女よ」

王城内を移動していると、侍女や貴族の女性が瑠奈を噂しているのが聞こえた。歴史の授業は王宮の図書室でやることになっていて、瑠奈の住んでいる離宮とは距離がある。

「わざわざ召喚したのに、まったくの役立たずだったんですってね。それで第一王子の婚約者なんて、あつかましすぎるんじゃありません？」

庭園の東屋《あずまや》に集まっている派手なドレスを着た貴族の女性がこれみよがしに話している。若い貴族の女性が五名、侍女らしき女性が二名。扇で口元を隠しながら瑠奈をちらちら見ている。王妃は若い女性を集めてお茶会をすることが多いので、きっと彼女たちもそれに呼ばれたのだろう。

「本当ですわ。大神官様ともあろう者が、間違った女性を呼び出すなんて……」

「第一王子の婚約者にふさわしいのは、エリーゼ様であるべきなのに」

貴族の女性たちが中央にいた亜麻色《あまいろ》の髪の女性に媚《こ》びを売る。

「まぁ、皆様……。聖女様はいずれきっと力をお示しになられますわ」

エリーゼと呼ばれた女性は、天使のような微笑みを浮かべている。このエリーゼという女性が最近瑠奈を悩ませている。会うとやたらと声をかけてきて、一見親切そうな振る舞いをするのだ。エリーゼ・シュトランゼ。公爵令嬢だ。

「第一王子の婚姻相手に聖女様がなるのは、何世代も前からの決まり事ですもの」

公爵令嬢はつらそうに微笑む。

「エリーゼ様、お可哀想。あの無能な聖女がいなければ、エリーゼ様が王子妃でしたのに」

公爵令嬢の傍にいるのは取り巻きなので、少し悲しげにするだけで皆が彼女を慰める。

(はぁ。私に聞こえるように言うのはやめてほしい)

瑠奈のいる渡り廊下から東屋までは距離があるのに、しっかり彼女たちの会話が聞こえるのはよほど大声でしゃべっているのだろう。

(そもそも第一王子の婚約者なんていらんのよ!)

国王に第一王子との婚約は嫌だと言ったのに、慣例という一言で結局婚約させられる羽目になった。あの横柄な態度をする男と結婚するかもしれないなんて、それこそ悪夢だ。

瑠奈は彼女たちの会話から遠ざかるために、渡り廊下から中庭に出た。孤独には慣れている瑠奈でさえ、ここでは孤独に押しつぶされそうになることがある。友達の一人もいないし、しゃべれる相手は侍女のミュウだけ。そのミュウは瑠奈に同情している感じはあるが、上から止められているらしくプライベートなことは一切話してくれない。

「あれっ、聖女ちゃん。珍しいね、こんなところ歩いているの」

とぼとぼと王宮の庭を歩いていると、明るい声がかけられる。

「あ、ルイ」

瑠奈はホッとして振り返った。この王城でただ一人、瑠奈とふつうに話してくれる青年だ。最初の逃亡で会った時にはチャラ男と思って敬遠したが、他の人に比べたらよっぽど話が合う。

「ルイは馬の散歩？」

瑠奈が自然と微笑むと、ルイがにこっと笑って引いていた葦毛《あしげ》の馬の首を撫でる。ルイは厩《うまや》の管理をしている。王族の使用する馬の世話をしていて、気さくで明るい人柄だ。かなりの女好きなのか、若い女性に声をかけているところを何度も見ている。いわゆるナンパなキャラなのだろう。侍女たちが「あの人かっこいいけど、浮気者よ」と話しているのを聞いた。

「ああ。天気がいいし、たまにはこうして散歩させないとストレスになるからね。ここの王族はほとんど馬に乗らないから」

ルイは女好きと言われているが、それ以上に馬が好きらしい。厩でよく馬の身体をブラッシングしているのを見かけるし、馬たちもルイに懐いている。

「綺麗ね」

瑠奈もつられてルイが引いている馬の身体に触れた。すると葦毛の馬が瑠奈の手に鼻面をすり寄せるようにした。

「おっ、こいつが懐くのは珍しいな。やっぱり聖女ちゃんは特別なんだね」

馬が瑠奈に好意的なのを見て、ルイがウインクする。もともと動物には好かれるほうで、聖女であることとは関係ないと思うが、ルイに言われると少しだけ嬉しい。

「その聖女ちゃんはやめてって何度も言ってる。私は瑠奈って名前があるんだから」

馬の鬣《たてがみ》を撫で、瑠奈はため息をこぼした。ここにいる人は皆、瑠奈のことを聖女と呼ぶ。誰も瑠奈の名前を呼ばない。

「俺ごときが聖女ちゃんを名前で呼んだら、即解雇されちゃうよ」

おどけたそぶりでルイに言われ、ますます気が重くなった。この世界では貴族の女性の名前は気軽に呼ばない。名前を気軽に呼べるのは親しい人のみということになっている。瑠奈は貴族ではないが聖女であり、若い男性が第一王子の婚約者の瑠奈の名前を呼んだら、不敬罪になるそうだ。

「はぁ……。息が詰まる」

瑠奈は馬の身体に頭を寄せて、小さく呟いた。

家には戻れないし、聖女という役割は押しつけられるし、何の役にも立たない。ストレスが溜まりまくりだ。

「……大変そうだね」

馬の背中越しにルイに見つめられ、瑠奈は苦笑した。ルイは軽いけど、いい人だ。他の人が避ける中、ルイだけは気さくに話しかけてくれる。

「ごめん、ごめん。ルイに言われても困るよね？」

ルイにまで重荷を背負わせるのは嫌だったので、瑠奈は急いで明るい顔を作った。馬の世話をしているルイはきっと平民だろう。この国では平民と貴族には大きな差がある。貴族の平民に対する態度は瑠奈には信じられないくらい残酷だ。

「聖女ちゃん……」

ルイがそっと手を伸ばした時だ。後ろから足音がして、瑠奈はハッとしてルイと距離をとった。振り返ると、貴族の青年が数名こちらに向かって歩いてくる。

「おや、聖女様ではないですか。このような場所で厩番の使用人と二人きりなど、あらぬ誤解を招きますよ？」

嫌味な口ぶりで話しかけてきたのは、第一王子の取り巻きの伯爵家の子息だ。ジャックという名前で、第一王子に紹介された時から気持ち悪い目で眺めてきていた。

「とんでもありません。聖女様がお一人だったので、何かあってはいけないと離宮まで送ろうとしていたところです」

すっと瑠奈の前に立ち、ルイがにこやかな態度で一礼する。

「ふん、なら代わりに俺が送るからお前はとっとと去れ」

ジャックは顎をしゃくり、瑠奈に手を差し出してくる。ジャックと一緒にいるのは第一王子の取り巻きその二とその三だ。

「けっこうです。一人で戻れますから」

ジャックの手を取るのが嫌で、瑠奈は引き攣った笑みを浮かべ、そそくさとその場を去ろうとした。第一王子も嫌だが、取り巻きも漏れなく嫌な人間だ。国王を始め、ろくな人間がいない。

「聖女様。遠慮なさらずに、私が責任を持ってお送りします」

ジャックはにやついた顔で瑠奈の手を強引に取り、勝手に歩きだす。平民であるルイは逆らえず、瑠奈はなすすべもなく、ジャックと庭園を歩いた。ジャックは瑠奈の身体を抱き寄せながら、いかに自分が将来有望な男かというのを語っている。

「ここでけっこうです。ありがとうございました」

離宮の前まで来ると、瑠奈はジャックの手を振り払った。

「何かあれば、私に申して下さい」

ジャックはぞくっとするような視線を向けて、唇の端を吊り上げる。瑠奈は急いで離宮へ逃げ込んだ。

「大丈夫ですか？　聖女様。またあの伯爵家の方ですか？」

掃除中だったミュウが、何事かと駆けてきた。

「うん……」

げっそりして瑠奈は二階に駆け上がり、窓から離宮の正面玄関を覗いた。ジャックたちはわいわいと騒ぎながら王宮のほうへ戻っていく。

「ジャック、お前何であんなに聖女を構うんだ？　魔力もないし、そのうち捨てられるってもっぱらの噂だぞ」

遠ざかる取り巻きの声が聞こえて瑠奈は耳を欹《そばだ》てた。

「ああいう女がタイプなんだよ。捨てられたら俺に下賜してもらおうと思って」

「そういう魂胆《こんたん》かよ。お前、幼い女が好きだもんな」

下卑《げび》た笑い声が聞こえて、瑠奈はゾッとした。

「聖女様、大丈夫ですか？」

窓の前で震えていると、ミュウが困惑したように首をかしげた。

「大丈夫じゃないよ！　今の聞いた？　私を下賜してもらうって！　キモッ、無理無理っ、絶対無理なんだけど！」

瑠奈が壁をバンバン叩いて涙を滲ませると、ミュウがきょとんとする。

「え……？　何も聞こえませんでしたけど？　あんな遠くにいた方の声が聞こえたのですか？」

ミュウにけげんそうに言われ、瑠奈は面食らった。

「えっ、めっちゃ聞こえたけど？　ミュウは少し離れてたもんね」

あの気持ち悪い会話を聞かれなかったのはむしろよかったかもしれない。第一王子と離れてもあのキモ男が控えているのでは意味がない。

（ルイにまで迷惑かけたら困るなぁ……。はぁ、もう自由になりたい）

明日はサマールが来る予定がある。もう三カ月経つし、そろそろ切りだそう。瑠奈は決意を固め、今後の生き方について真剣に考え始めた。


「あのーサマールさん、これ以上やっても意味ないと思うので、私、解放してもらえないですかね？」

翌日、瑠奈は会いに来たサマールに申し出た。意味のない魔法の授業を辞めたかった。教師もやることがなくて申し訳なさそうだし、こちらも身の置き所がない。相変わらず水晶で調べても魔力はない。一カ月ごとに水晶で調べるのは無意味だと思う。歴史の授業や礼儀作法は身になるが、今のままでは王子妃なんて周囲の人間が認めないだろう。

結論として、聖女を辞める以外、ない！

「解放……？」

サマールは額の汗を拭って聞き返す。この国は日本と気候が似ていて、四季がある。王城から出られないので国全体のことは分からないが、似たような動植物があり、生活様式は古い時代のものと同じだ。つまり、電波の届かない無人島に連れてこられた気持ちで過ごせばいいのだ。

（ちょっと不便なことは多いけど、基本生活は同じなんだもの。一人でもやっていける）

強《し》いていえば瑠奈のいた世界とは違い、魔獣がいて、魔法がある。魔獣は自然の多い場所に生息するらしく、深い森や山脈が連なったところに出るらしい。とはいえ、王都にいれば魔獣が出てくることはないので、生活に問題はない。

三カ月が経ち、瑠奈も少しはこの世界に順応してきた。何よりも言葉が理解できるのが一番強い。理由は不明だが、この国の文字も何故か読める。ぱっと見は見たことのない文字で分からないのに、じーっと見ていると何が書かれているか分かるのだ。

だから、思った。ここを出ても生きていけるのでは、と。

「だって魔力はないですし、聖女の仕事もできませんし、いる意味ないですよね？」

瑠奈は魔法書を閉じて、真剣な面持ちで訴えた。聖女という役職のせいで王城から出られないのだ。神殿に行きたいという願いは結局却下され、狭い部屋に閉じ込められて飼い殺しにされている。無駄の極み。というか、そろそろ自由にさせてほしい。

「正直、勝手に連れてこられた恨《うら》みはありますけど、それ以上に自由がないのが耐えられないです。人権とか、この世界で言っても意味ないのは分かりますけど、これじゃ罪人と同じ扱いではないでしょうか」

これまでも何度か訴えてみたが、誰も瑠奈の言い分を聞いてくれなかった。一番話ができるのがサマールだけれど、神官にそれほど権力がないのも分かってきた。瑠奈も考えた。もしこれでも事態が改善しないなら、あとは逃亡するしかないと。だが実際問題、頼れる者もいない自分に逃亡生活ができるかどうか自信がない。お金も持たせてもらえないのだ。自分のいた世界でも両親がいなくてあらゆる面で困ったのに、召喚された先はもっと最悪とか笑えない。

「聖女様……。聖女様の置かれた境遇に関しては我々も改善するよう申しておるのですが、いかんせん陛下の許可が下りず……。聖女様はいる意味がないと申されますが、聖女様に去っていかれては神々からどんな罰が下されるか……」

サマールはしどろもどろで瑠奈を引き留めようとする。魔力もない聖女を追い出しても神が怒るとは思えないが、神官であるサマールは頑なに首を横に振る。

「大神官様さえ目覚めれば、聖女様の真の力が分かると思うのです。どうか、大神官様の目覚めをお待ち下さい」

サマールは最後には必ず言いだす言葉を添えた。未だに瑠奈がここに拘束されているのも、瑠奈を呼び出した大神官が意識不明のままだからだ。三カ月も意識不明なら相当重症のはずだが、大神官は意識がないだけで身体に異常はないらしい。

「……」

瑠奈はサマールとこれ以上話すのを諦めた。向こうからすれば、神通力めいたもので呼び出した聖女に力がなかろうと自由にさせるわけにはいかないのかもしれない。あとはもう――逃げるしかないではないか。

「聖女様、どうかお心を安らかに。三日後には第一王子の誕生祭がございます。第一王子と心を通わせて下され」

サマールは瑠奈の機嫌をとるように言った。三日後のパーティーを思い出し、ますます憂鬱になった。聖女は第一王子の婚約者になると決められ、この世界に来て一度だけ王家主催のパーティーに出席した。第一王子は最初だけ瑠奈をエスコートしてくれたが、あとは瑠奈を放置して取り巻きや令嬢のほうへ去っていった。

（ぼっちのパーティー参加がどんだけつらいと思ってんのよ！）

瑠奈はサマールに怒鳴りたい気持ちを必死に押し殺した。第一王子が瑠奈を紹介しなかったので、誰も瑠奈に声をかけられなかったのだ。この国では下位の者から高位の者へ声をかけるのは無礼とされていて、聖女という役職である瑠奈は王族の次に尊い存在だった。結局瑠奈はその場の空気に居たたまれず人気《ひとけ》のないところで身を潜めてパーティーが終わるのを待っていた。あの時間が繰り返されるのかと思うと苦痛以外の何物でもない。

「もういいです……」

瑠奈はサマールに頼るのを諦めて、使えもしない魔法書を開いた。どうやって逃亡するかを真剣に考えながら、三日後のパーティーに憂鬱さを深めた。


逃亡しようと決めたものの、実行に至るには大きな壁がいくつも立ちはだかった。

王城を出るには南門、北門、東門、西門のいずれかから出なければならないのだが、そこには門兵がいて通行許可証を見せなければ出られない決まりになっている。瑠奈の容姿は門兵も知っていて、すんなり出ていくのは不可能だ。特に初日に逃げ出そうとしたのが尾を引いていて、聖女を門から出さないようにというお達しがある。

門を出ても長い橋があり、女性の足では走って逃げてもすぐに捕まるだろう。夜の闇に紛れて逃げ出すにしても、土地勘のない瑠奈に逃げおおせるかどうか。

(やっぱり何としても一度街に出ないと駄目だ)

市井の人々が暮らす街の状況を見ないことには、とてもじゃないが逃亡などできない。

悩んだ末に瑠奈は『聖女として人々の暮らしぶりを見たい』と訴えることにした。ちょうどパーティーで第一王子に会う予定があるし、あわよくば国王に進言できないかと目論んだ。

「聖女様、お髪《ぐし》はどのようになさいますか？」

第一王子の誕生祭の日、瑠奈のメイクを終えたミュウに聞かれた。黒髪はこの国に生まれないらしく、長い髪を垂らしていると目立って仕方ない。アップにしてくれと頼んで、鏡の中で綺麗にセットされる自分を眺めた。

「いつもごめんね。私なんかのために」

ミュウは瑠奈にとってたった一人の侍女だ。一人だからきっと大変なことが多いだろう。それでなくとも女子力の低い自分を綺麗にしなければならないミュウには申し訳なく思うばかりだ。

「そんなことおっしゃらないで下さい」

ミュウは、口数は少ないが悪い人間ではない。真面目に仕事してくれるし、瑠奈の食事の量が少ないのを気にしてたまにこっそり厨房から肉料理を持ってきてくれる。逃亡するとなると、またミュウに責任がいく可能性が高いから、何かしらの対策をしなければならない。

「準備が整いました」

初日に着せられた白い聖女の衣装をまとい、瑠奈は綺麗に整えられた姿で部屋を出た。

第一王子の誕生祭は日が暮れた頃から始まる。ミュウを伴って離宮から王宮へと渡り廊下を歩いていると、前方に嫌な人影が見えた。

公女の取り巻きの令嬢たちだ。三人ほどが固まって何やらひそひそ話している。

「来たわよ、手はず通りやるからね」

「この汚物を聖女にぶつければいいのね？」

「もうすっごい臭いわ。早くぶつけて香水をつけなきゃ」

三人の令嬢は手にした箱を持ちつつ、ちらちらこちらを見ている。

「ミュウ、あいつらに摑まったらまずいわ」

どうやらあの令嬢たちは瑠奈のドレスを汚す気らしい。不穏な段取りをする声がして、瑠奈はミュウの手を摑んだ。

「は？　どうなさいましたか？」

ミュウには彼女たちのひそひそ話が聞こえなかったのか、きょとんとしている。瑠奈は

「こっちの道から行こう！」とミュウの手を取って方向転換した。

「あっ、あいつ逃げたわ！」

「えっ、どうする、追いかけるの⁉」

待ち伏せしていた令嬢たちは、瑠奈が反対方向へ駆けだしたのを見て泡を食っている。

その間に瑠奈は中庭に出て、庭から王宮を目指した。

「聖女様、何か聞こえたのですか？」

ミュウはずっと訳が分からないというそぶりで瑠奈に手を引かれて走っている。

「聞こえなかったの？　めっちゃ悪だくみしてたじゃん！」

あんなにはっきり聞こえる声が分からないなんて、ミュウは耳が悪いのだろうか？

「はぁ……、ここまで来ればいいか」

令嬢三人を振り切り、庭を突っ切って王宮の正面玄関から中へ入ることにした。ヒールの高い靴で大回りして走ったので、少し息切れがする。

「招待状を……」

正面玄関の扉前に立っていた衛兵が、王宮の広間へ入っていく客に招待状を要求している。招待客に紛れて、そっと入って第一王子のいる部屋へ向かおうとしたのだが、思ったよりも瑠奈の黒髪は目立ったらしい。

「あ……っ、聖女様のおなりです！」

広間に入ろうとした瑠奈を見て、衛兵が声を上げる。ぎょっとして瑠奈はミュウの手を摑んだ。本来なら第一王子のエスコートを伴って入らなければならないところを、一人で入場してしまった。

「聖女様、すぐに第一王子のところへ」

ミュウも青ざめて瑠奈の袖を引っ張る。離宮から渡り廊下を伝って王宮に入れば問題なく第一王子のいる部屋へ行けたのに、令嬢たちのせいで予定が狂った。瑠奈はこそこそと広間の奥へ向かい、第一王子と落ち合おうとした。

「どうしましょう。本来なら聖女様は王族と共に入らねばなりませんでしたのに」

ミュウは先ほどからおろおろしている。こういうパーティーでは守るべき礼儀やしきたりがある。令嬢たちの妨害を避けるためにしたことが、余計な混乱を生んでしまった。

「まぁ聖女よ。どうして一人で入ってきたのかしら？」

「第一王子とは不仲と聞いておりますわよ。きっと腹いせになさったのでは？」

「これじゃ第一王子の面目丸つぶれだな」

パーティーに参加する人々のざわめきが聞こえてきて、瑠奈は血の気が引いた。ドレスを汚されるのが嫌で大回りして王宮に入ったのに、それが逆に不敬な行いになるだなんて。

「あの階段、使っちゃ駄目なの？」

広間には左右へ半円を描く階段が中央にある。あの階段を使って二階に行けば、王族のいる部屋へ辿《たど》り着けるのではないか。

「とんでもありません！　あれは王族しか使えない大階段です！　兵に取り押さえられますよ！」

ミュウはぶるぶるして押し殺した悲鳴を上げる。階段一つにもルールがあるのかとうんざりした。ミュウは広間の奥にある扉の前に立つ衛兵と交渉している。奥へ通してくれと頼むミュウに、衛兵は「ここは王族以外、立ち入り禁止です」と拒んでいる。聖女だからと訴えるミュウに、衛兵はぽかんとしている。そうこうするうちにラッパの音が鳴り響き、瑠奈もミュウもびくっとした。

「第一王子と第二王子、婚約者のリリアーヌ侯爵令嬢のおなりです！」

衛兵の高らかな声が響き、瑠奈はおそるおそる大階段の上を見上げた。むすっとした不機嫌そうなミカエル王子と、弟の第二王子とその婚約者らしき令嬢がエスコートされて、大階段を下りてくる。階段の途中でミカエル王子と目が合い、恐ろしい形相で睨まれた。パートナーなしで出てきたミカエル王子は、鬼のように怒っている。

（うわー何かヤバそう……）

失態を犯したのは瑠奈なので早急に謝らなければならない。大階段を下りてきたミカエル王子と第二王子は階段下にいた貴族と挨拶を交わしている。第二王子はアンドリューという名の十八歳で、リリアーヌ侯爵令嬢は十六歳の少女だ。二人は近づいてきた瑠奈をちらちら見ている。

「ミカエル王子、申し訳ありません。これには事情が……」

瑠奈がミカエル王子の背中に向かって謝罪しようとすると、凶悪な顔つきでミカエル王子が振り返ってきた。ものすごく怒っている。

「ごめんな――」

さい、と言いかけた瑠奈は、目の前に立ったミカエル王子にいきなり平手打ちされて体勢を崩した。バシンとすごい音がして、広間が静まり返る。左の頬がじんじんとして熱くなっている。今、殴られたのだろうか？

「俺に恥をかかせやがって」

蔑《さげす》むような目つきでミカエル王子に見下ろされ、瑠奈は自分が叩かれた衝撃で床に倒れているのを知った。

「聖女様！」

ミュウが真っ青になって瑠奈に駆け寄る。

「兄上、それは……」

ミカエル王子の後ろにいた第二王子とリリアーヌ侯爵令嬢も青ざめている。叩かれた瑠奈は頭が真っ白になってミカエル王子を見上げた。衝撃が大きすぎて声も上げられなかった。周囲にいた貴族たちもざわめいている。中にはクスクス笑う声もして、瑠奈も頭が回ってきた。

「無能なんだから俺をわずらわせるな。次は容赦しないぞ」

ミカエル王子は吐き捨てるように言って、瑠奈に背を向けた。王子の態度に他の貴族たちも見て見ぬふりをする。瑠奈はミュウに助け起こされ、しだいに歯を食いしばった。

「聖女様、お顔が……」

ミュウは腫《は》れた瑠奈の頬を見て、おろおろする。

「国王陛下、王妃様のおなりです！」

衛兵の声がして、大階段のほうに注目が移る。階段の上から国王と王妃がしずしずと下りてくる。顔を上げた瑠奈と二人の視線が合った。二人とも瑠奈の顔が腫れているのに気づいたはずなのに、興味がないといわんばかりにそっぽを向く。

（……悔しい）

瑠奈は拳《こぶし》を握り、痛いくらいに唇を噛んだ。涙が滲み出てきそうだったが、ここで泣くのは負けを認めるようで嫌だった。

「今宵は我が息子ミカエル王子の生誕祭だ。我が息子を称えるように」

国王の挨拶が耳を素通りする。ミュウだけが瑠奈を案じるようにこちらを窺《うかが》っている。

音楽が鳴り響き、人々のざわめきが起こる。最初のダンスは婚約者か親しい相手と踊るのが常識だが、ミカエル王子はこちらを無視して、エリーゼ公爵令嬢の手を取ってダンスを始める。近くにいた貴族たちが瑠奈を振り返り、「まぁ婚約者なのに」とか「哀れね」とひそひそ声で話すのが聞こえてきた。中にはあからさまな嘲笑《ちょうしょう》をする者もいて、我慢の限界だった。

瑠奈は震える足で人々の間を速足ですり抜けた。ずっとうつむき、歯を食いしばり、広間を飛び出す。始まったばかりのパーティーから逃げ出す瑠奈を、衛兵が止めようとしたが、それを振り切るように王宮を出た。

中庭まで小走りになり、人のいない奥庭へと向かう。

「悔しぃぃぃ！」

誰もいない場所まで逃げ出して、やっとぼろぼろ涙をこぼした。叩かれた頬は未だ痛くて、情けなくて悔しくてムカついてしょうがない。あんな男に何故殴られなければならないのか、どうして自分がこんな目に遭わなきゃならないのか理解できない。小さい頃から両親がいなくて嫌なことは散々あったけれど、大人の男にこんなふうに思いきり叩かれたのは初めてだった。

「聖女様……」

わんわん泣いていると、追いかけてきたミュウが申し訳なさそうに呟く。ミュウの差し出したハンカチを目に当て、瑠奈は肩を震わせて嗚咽《おえつ》した。泣くのは負けと思ってこれまで我慢してきたが、張り詰めた糸が切れた。そもそも、ミカエル王子が部屋まで迎えに来てくれたら、こんな問題は起きなかった。あのままドレスを汚されるのを覚悟して令嬢たちの前を通るべきだったのだろうか？　何故言い訳すら聞かずに女性を殴るのか。この国の常識も理解できないし、自分がされた仕打ちを誰も咎《とが》めないのが腹が立って仕方なかった。

「ミュウ……ごめん……、私具合が悪くなって部屋に戻るって伝えて……」

瑠奈は咽《のど》を震わせながら言った。ミュウも同情気味に頷き「分かりました。伝えてまいりますので、お部屋にお戻り下さい」と気を遣ってくれる。

ミュウと別れ、瑠奈はハンカチを目元に押し当てたまま離宮へと力なく歩きだした。

「聖女ちゃん？」

嗚咽しながら歩いていると、困惑した声が背後からした。急いで目元をハンカチで拭う。誰もいないと思っていた夜の庭園に人がいた。

「どうしたの？　こんなとこで。パーティーじゃ……」

回り込んで話しかけてきたのはルイだった。ルイは瑠奈の顔を見るなり、サッと青ざめ、肩を掴んでくる。

「どうしたの、その顔！　誰に殴られた？」

いつもの軽い口調と違い、真剣に案じる声。あの会場にはいなかった自分を心配する眼差しに、また大粒の涙がこぼれてきた。

「うわあああん、わぁああ」

泣いている時に優しくされると余計に人は泣きたくなるものらしい。瑠奈が子どもみたいに泣きだすと、ルイがぎょっとして身を縮める。

「ごめん、痛いよね？　こっち来て、頬を冷やそう」

ルイは焦ったそぶりで瑠奈の肩に手を置き、誘導するように厩のほうへ連れていく。厩の隣に使用人が使う部屋があって、ルイは瑠奈をそこへ入れてくれた。テーブルと椅子、ベッドがあるだけの簡素な部屋だ。ルイは瑠奈を椅子に座らせると、急いで冷やした布を持ってきた。

「ひどく腫れてるね。可愛い女の子の顔にこんな怪我を負わせたのは誰？」

瑠奈の頬に冷たい布を押し当て、ルイがいつもの軽い口調で問いかけてくる。ひんやりした布が腫れた頬に気持ちよかった。おかげで涙も止まり、少しだけ心が落ち着く。

「聞いてくれる……？」

瑠奈は誰かにこの悔しい思いを聞いてほしくて、ドレスを汚されそうになったことからミカエル王子に殴られたところまでを語った。最後まで聞き終えて、ルイは頭を抱えている。

「前々から思ってたけど、この国の偉い人はろくなのがいないねー」

しみじみと言われ、瑠奈もその通りだと拳を握った。

「私もそう思うよ！　ふつう怒ってもいきなり殴る？　信じらんない、もう……っ、あいつが同僚だったら倍返ししてやったのに！」

瑠奈はめらめらと闘志を燃やした。殴り返すのはもちろんのこと、急所を蹴り上げてしばらく使い物にならなくしてやりたい。それができなかった悔しさと無念で、はらわたが煮えくり返る。

「はは、それは楽しそうだ。ちょっと見てみたいなぁ」

ルイはつられたように笑い、瑠奈の頭をぽんと叩く。

「よく我慢したね」

優しい笑みと共に言われ、また涙が滲み出てきた。急いで目元を擦り、瑠奈は無理に笑って見せた。

「これ、ありがとう。すごく冷たくて気持ちいい」

渡されたハンカチは水で冷やしたにしてはとても冷たかった。おかげで少し腫れも引いてきたほどだ。厩の水は冷たいのだろうか？

「ううん。助けてあげられなくてごめんね。その場にいても、守ってあげられなかったと思う」

ルイは悲しげに目を伏せ、頭を下げた。

「えっ、いやいや、そんな、当たり前だよっ。そんなこと謝らなくていいからっ。こうして愚痴《ぐち》を聞いてくれただけでありがたいしさ」

瑠奈にもこの国の貴族社会の恐ろしさは分かる。使用人でしかないルイが瑠奈を守ったら、貴族に逆らった罪で処罰されるに決まっている。

「いいんだ、もう。ここから逃げ出す意思が固まったしさ」

瑠奈は椅子から腰を上げ、冷えた布を返そうとした。するとルイの手が布ごと瑠奈の手を握る。

「ここから逃げ出すの？」

真面目な顔つきと潜めた声で聞かれ、瑠奈は面食らった。まずい。誰にも言わないほうがよかったかも。

「もし、本当に逃げ出す意思があるなら、俺が手助けするよ」

思いがけない言葉に瑠奈の目が丸くなる。聖女の逃亡を手助けしたら、ルイにも被害が及ぶはずだが。

「でも……」

戸惑うように瑠奈は視線を逸《そ》らした。本当は誰かの手助けが欲しい。瑠奈はこの世界のことについてあまりにもくわしくない。ルイの助けがあれば、逃亡できる確率は高くなるだろう。

「可愛い女の子が虐《しいた》げられているのは俺も嫌だからね？　その時は俺に任せて」

瑠奈の逡巡《しゅんじゅん》する気持ちを察したのか、ルイがふだんのように明るい口調で言った。冷えた布はそのまま持っていけというように、押しつけられる。

「ルイ……ありがとね」

悪意にさらされた後では、ルイの優しさが身に染みた。瑠奈はお礼を言って、厩舎《きゅうしゃ》を後にした。冷えた布はその後数時間もずっと冷たいままだった。

腫れた頬は翌朝になっても痕《あと》が残っていた。王宮内を歩いていると、「昨日王子が……」とか「怪我も治せない聖女なんて」という使用人や侍女の噂する声が聞こえてきた。こっちの世界に来て耳がよくなったのか、遠くにいる人がする噂話まで聞こえてくる。同情気味なのはわずかで、ほとんどは瑠奈を嘲笑する声だ。

週末には神官に呼ばれて王宮へ向かうと、公爵令嬢と廊下で出くわした。公爵令嬢は侍女を伴い、我が物顔で王宮を歩いている。

「まあ、聖女様。先日のパーティーではお姿が見えませんでしたが、お具合でも悪かったのでしょうか？」

公爵令嬢は事情を知っているくせに、何も知らないと言いたげな顔で瑠奈に話しかけてくる。相変わらず贅を尽くしたドレスを着て、鳥の羽根をつけた扇子を持っている。

「あなたがいらっしゃらないから私がミカエル王子様のダンス相手をさせていただきましたのよ？　婚約者であるあなたを差し置いて……ごめんなさいね」

うるうるした瞳で顔を近づけて公爵令嬢が謝る。扇子で隠しながら、公爵令嬢が馬鹿にするような笑みを浮かべた。それはほんの一瞬で、すぐに申し訳なさそうに身を引く。

「どうか怒らないで頂戴。ミカエル王子様は素晴らしい方ですから、聖女様もご理解して下さいますわよね？　今日は私、王妃様にお茶会に呼ばれていますのよ。聖女様もいらっしゃるのかしら？」

黙っている瑠奈に公爵令嬢はにこやかに問いかけた。

「……私は授業がございますので」

瑠奈は頭を下げて低い声で答える。

「あらまぁ、てっきり聖女様もご一緒だと思いましたのに。まぁまぁ。ミカエル王子様もいらっしゃるそうですわよ。ぜひあなたも後からいらしてね」

わざとらしい声で公爵令嬢に言われ、瑠奈はため息をこぼした。公爵令嬢はミカエル王子や王妃が自分のほうを優遇していると言いたいのだろうが、こちらは自慢されても何も羨《うらや》ましくない。むしろ呼ばれないほうが助かるくらいだ。

(あんな公衆の面前で女の頬を叩く男でいいわけ？　モラハラ男だよ？)

瑠奈としては理解できない男の趣味だが、やはりいずれ王妃になれる身分というものは特別なのかもしれない。

「楽しい時間をお過ごし下さい」

瑠奈は気の抜けた声で言い、一礼してこの場を去ろうとした。するとその態度が気に食わなかったのか、公爵令嬢がじろりと睨んでくる。

「ふふ。もうすぐここから追い出してあげますからね」

扇子で口元を隠し、エリーゼが囁く。瑠奈はいぶかしむように公爵令嬢を振り返った。公爵令嬢はにやりと笑いながらしずしずと去っていった。

(何だろう。やな感じ)

追いかけて問《と》い質《ただ》すわけにもいかないが、また何か嫌がらせを考えているなら阻止《そし》しなければならない。瑠奈は大きくため息をこぼして、一階にある修練室へ向かった。修練室は瑠奈が魔法を教わる部屋だ。週に一度来ているが、実技が一つもできないので、最近では魔法の歴史を学ぶ部屋になっている。

「失礼します」

部屋の扉を開けて中に入ると、魔法学を教えるカトリーヌとは別に見知らぬ男性がいた。身なりは黒い修道士服姿で、背が高く鋭い目つきの鷲鼻の中年男性だ。

「聖女様。こちらは神官長のバルザ様です」

カトリーヌがバルザを紹介する。バルザは値踏みするような目で瑠奈を見下ろした。ひどく不快な目つきで、瑠奈は無意識のうちに自分の腕を抱いた。

「あの……はじめまして」

瑠奈がまごつきながら頭を下げると、バルザがつかつかと寄ってくる。バルザは瑠奈の頭に手を置き、じっと見据えてきた。

「これが聖女……？　魔力がまるでないじゃないか」

バルザは失笑しつつ瑠奈の耳元の匂いを嗅《か》ぐ。反射的に気持ち悪くて、瑠奈はバルザの手を振り払った。いきなり女性の頭を摑むなんて、この国の常識でもおかしいはずだ。

「失礼。何か秘めたる力があるのではないかと思いましてね。これが聖女とは……大神官様も取り違えをなさるのだな。とうとう大神官の座を降りる時が来たということだ」

バルザはおかしそうに笑いながら言う。

「神官長！　いくら何でもそれは……っ」

カトリーヌが咎めるような口調で止める。

「実際、この娘は魔法を発動できないのだろう？　魔力がゼロに等しいのだ。できるわけがない。神聖力も感じないし、これは大神官様の責を問い詰めなければならないな。未だに意識が戻らないところを見ると、このまま死ぬかもしれんが」

瑠奈に侮蔑《ぶべつ》的な眼差しを向け、バルザがニヤニヤしながら部屋を出ていった。瑠奈は嫌な気分を抱え、机の前に立った。カトリーヌは申し訳なさそうに眉を下げる。

「聖女様、すみません。神官長が聖女様を見たいとおっしゃって……」

カトリーヌは魔法が使えない瑠奈にも親切にしてくれるいい人だ。瑠奈は気にしないでと笑って見せた。

「いいんです。神官長ということは……大神官様の下ってことですか？」

教えてもらった神殿内の組式図を思い返し、瑠奈は首をかしげた。神殿内の位置づけにおいて、大神官は頂点にいる。何でも国で一番魔力と神聖力を持つ者が大神官になる決まりがあるそうで、現在の大神官は歴代最高の実力者なのだそうだ。その次に力を持つのが神官長で、あのバルザは今、大神官代理をしているという。

「神聖力がないと神官になれないんでしたっけ。そもそも神聖力って何ですか？」

瑠奈は記憶を辿って尋ねた。魔力は何となくイメージも湧くが、神聖力が分からない。

「神聖力は神に近い力と言われています。治癒は魔力だけでなく神聖力がないと使えないのです。魔力は神殿にある水晶で測れますが、神聖力は大神官様クラスじゃないと測れません」

カトリーヌの説明で神聖力がないと治癒魔法は使えないと知った。何となく神々しい能力というのは想像できるが、先ほどの感じの悪い男にそれがあるとは信じ難い。

「聖女様、つらく当たる者もいるでしょうが、頑張って下さい。きっと大神官様が目覚められれば、何もかも上手《うま》くいきますよ」

カトリーヌに慰められ、瑠奈は苦笑した。むしろ大神官が目覚めて、瑠奈を間違えて召喚したと言いだす確率のほうが高い気がする。

「早く目覚めてほしいですね……」

大神官が目覚めたら言いたいこともたくさんある。期待を込めて瑠奈も頷いた。

修練室で二時間ほど魔法学について習うと、瑠奈は離宮へと戻った。離宮では瑠奈もミュウを手伝い、掃除や料理をする。床掃除をしているとサマールが顔を出した。

「聖女様。いかがお過ごしでしょうか」

サマールは週に一度は顔を見せ、瑠奈の様子を窺っている。ちょうどいい機会なので、瑠奈は汚れた水の入ったバケツを抱え、サマールと一緒に外へ出た。

「サマールさん。私、王城の外に出てみたいのですが」

井戸のところまで一緒に歩き、瑠奈は思い切って切りだした。案の定サマールは難しい顔つきになる。

「聖女として市井の生活を知りたいのです。それに神殿にも行きたいです。聖女なのに、お祈りをしないのってどうなんですかね？」

ずっと考えていたことを瑠奈は矢継ぎ早に言った。逃亡するにしても、王城の外の様子を知らなければ机上の空論だ。何故か王城に留め置かれているが、聖女といえば神に祈りを捧げるものではないだろうか？

「そう……ですね、我々も聖女様を神殿にとは申し上げているのですが、陛下が難色を示しておられまして……。ですが、確かに平民の生活を知るのは聖女様として必要です。救済するのが聖女様の仕事ですし」

サマールは瑠奈の申し出に前向きな意見を出す。

「そうですよね！　視察っていうんですか？　必要だと思います！」

　瑠奈も我が意を得たりと意気込んだ。あわよくば、視察の最中に逃げ出したい。着の身着のままでは遠くまで逃げられないだろうが、チャンスは逃したくない。

「分かりました。申請しておきましょう」

　珍しくサマールも頷いてくれて、瑠奈は少しだけ元気を取り戻した。

「そういえば、今日バルザさんて方が来て……」

　瑠奈は授業の時を思い返し、バルザの名前を出した。サマールはバルザの名を聞くなり、顔を顰《しか》める。

「何か失礼なことをしなかったでしょうか？　神官長は聖女召喚に最後まで反対なさっていたお方ですから……。神官長は貴族の出で、差別意識を持っているお方です。大神官様ともよく対立なされて」

　サマールは言葉を濁す。差別意識を持つ者が神官長とは、世も末だ。

「いや、神殿内のいざこざなど聖女様にお聞かせすることではございませんね。どうか、健やかにお過ごし下さい。誰が何と言おうと、あなたは聖女様なのですから」

　瑠奈の手を強く握り、サマールが力強く言う。絶対間違えて召喚されたと思うが、サマールはよほど大神官を信頼しているのだろう。サマールの言葉に頷くことはできなくて、瑠奈は視察が実現するのを待ち望むばかりだった。

サマールに頼んだ視察の件はなかなか実現しなかった。二週間経って、やっと許可が下り、王城から出られる日が来た。

「聖女様は馬車から降りられませんように」

一台の馬車に瑠奈は押し込められ、周りを騎乗した騎士に囲まれた。馬車にはサマールとミュウが同乗し、ルートも瑠奈の意見は無視され勝手に決められる。

「何でこんな騎士にがっちり固められてるんですか？」

瑠奈は馬車の窓から周囲を見てうんざりして言った。今まで離宮の使用人部屋に押し込んでおいて、いざ王城を出ようとすると騎士の護衛付き。まるで聖女が大事なものでもあるかのようだ。

「……聖女様が逃げ出さないように、かもしれません」

出発した馬車の中、サマールが額の汗を拭って言う。離宮に追いやるくせに、手放す真似は絶対にしないということだろうか？　だとしたら、この視察の最中に逃げ出すのは無理かもしれない。がっかりしたが、それでも初めて人々が暮らす街を見られる。瑠奈は窓に張りついて外の風景を目に焼き付けた。

馬車は城壁の門を出て、長い橋を移動する。馬車に乗ったのは二度目だが、激しい振動でお尻が痛くて仕方ない。これはきっと橋の路面がきちんとならされてないせいだろう。瑠奈はつらかったが、サマールとミュウが「さすが王宮の馬車ですね」と称えているので、文句が言えなくなった。

「わぁ……」

橋を渡りきると、なだらかな斜面が広がり、その先に王都が見えてくる。王城は丘の上にあったらしい。当たり前だがビルのような高い建物はなく、せいぜい三階建てくらいのものだった。王都には商業区と呼ばれるエリアがあり、そこではあらゆる物が売られていた。市場のように軒先で食材や飲食物を売るところもあれば、平民が着るような衣服や雑貨を売る店もあり、平民の人々が出歩いているのが見えた。もっとじっくり見ていたかったが、馬車はすぐに高級商店街へ移動した。そちらは宝石やドレスを売る店が多く、歩いている人の身なりも華美で清潔だった。

「思ったより閑散としてるね」

馬車の中から広場を眺め、瑠奈は素直に呟いた。店は多く出ているのだけれど、あまり活気がないというか、人々の顔はどちらかというと暗い。

「それは……」

ミュウは何か言いたげにサマールをちらりと見る。

「この国では前年に飢饉《ききん》が起きた村があり、まだ回復途中なのです」

サマールは言いづらそうに告げる。飢饉と聞き、瑠奈も目を瞠《みは》った。

「いえ、聖女様が降臨なされたのですから、きっと今年は豊作でしょう。我が国ではたびたび地方都市で飢饉に見舞われ、それもあって聖女様を召喚すべきという気運に至ったわけです」

とりなすように言われたが、切望した聖女がこんな不甲斐《ふがい》ない有り様で、瑠奈も落ち込んだ。

「そういえば瘴気がどうのって言ってたもんね？　その……いまいち分からないけど、瘴気はどうなっているの？」

聖女の仕事の一つで瘴気を浄化しろと言われたが、瑠奈は何もできていない。

「地方では瘴気溜まりが起きております。瘴気から魔物が現れるというのはご存じでしょうか？　この国の騎士たちが、魔物討伐に当たっております。我ら神官が遠征して瘴気を取りはらう作業をしておりますが、いかんせん力不足で」

沈痛な面持ちでサマールに語られ、瘴気というのは神聖力で浄化するものだと理解した。

「大神官様がお倒れになっているので、神官長が地方に行き、瘴気の浄化に当たっていたようですが、大神官様不在の期間が長くなったので戻ってきたのです。今は代わりに神官が瘴気の浄化を行っております」

サマールの説明で、いけすかない神官長も一応国のために働いているのが分かった。本来なら瑠奈が力を発揮して浄化しなければならないのだろうが……。

「あっ、ねぇ、あっちはどうなってるの？」

民家らしき場所を馬車が通る際、薄暗くなっている奥の通りが気になり、瑠奈は車内の小窓を開けて御者に話しかけた。

「スラム街へは行くなと言われております」

御者はちらりとこちらを見て、面倒そうに答える。

「スラム街……」

瑠奈はどきりとして淀んだ空気を放つ通りの向こうへ目を向けた。貴族がいる以上平民がいて、貧困の差はあるだろうと思ったが、想像以上に明暗の別れた世界だ。離宮に閉じ込められているが、三食出てくる瑠奈はマシなほうだったのかもしれない。

「もう戻ります」

一時間ほど王都内を馬車で移動し、御者がUターンして馬車を引き返した。

「えっ、馬車から降りられないの⁉」

まさか本当に見るだけとは思わなくて、瑠奈は御者に悲鳴じみた声を上げた。視察というからには市井で暮らす人々と交流を持てるのではと期待したのに、最初から最後まで馬車の中なんて。

「降ろさないようにと言いつかっております」

御者に暗い声で言われ、瑠奈は天を仰いだ。これでは逃げる隙《すき》すらない。何となく雰囲気だけは感じ取れたが、実際逃亡した時に上手く追手を躱《かわ》せるかどうか自信がない。

「申し訳ありません、聖女様。陛下は聖女様が馬鹿な真似をするのではないかと案じておられるのでしょう。初日に逃げ出されたので、逃亡を警戒なさっておられるのです」

サマールに申し訳なさそうに言われ、瑠奈も文句を言えなくなった。使い道がない聖女なのに、国王はそれでも瑠奈を逃したくないのだ。

（私、このままどうなっちゃうの？）

あの嫌な男と婚姻するのも無理だし、できない能力を当てにされるのも困る。まさに八方塞がりだと瑠奈は閉塞感に押しつぶされそうになった。

結局、王城に戻され、情報収集すらままならない状態になった。最近、瑠奈は暇があると厩へ行く。瑠奈の行ける範囲には庭くらいしかなく、厩は用のある人くらいしか来ない穴場だった。ルイとはあれ以来よく話すようになり、友達みたいになった。

「手伝おうか？」

厩舎の乾し草を取り換えるルイに毎回声をかけるが、「これは俺の仕事」と言って手伝いをさせてもらえない。ルイは意外と筋肉がしっかりついていて、力仕事もすいすいこなす。厩舎の掃除は馬糞《ばふん》もあるし臭いはずなのだけれど、仕事が終わって休憩がてら話している時、ルイから臭さを感じたことはない。この世界にも消臭剤があるのだろうか？　瑠奈のそんな疑問に、ルイから騎士団厩舎のほうは馬が多いから大変だと聞かされた。ルイが扱っているのは王族が使う十数頭の馬だけだが、騎士団の官舎近くにある厩舎は多くの馬を抱えているから匂いもすごいらしい。

「そっかぁ。馬車から出られなかったんだ」

ルイは白馬の手綱《たづな》を引きながら、苦笑した。馬の散歩は瑠奈もやらせてもらえるので、葦毛の馬の手綱を引いている。

「うん、もう最悪だよ。見せたからいいだろって感じで。何の情報も得られなかった」

瑠奈は誰もいないのを見計らって、がっかりした表情を見せた。二頭の馬は雑草が生えている辺りで草を食《は》み始める。

「こんなんで逃げられるのかなぁ……」

城を囲む高い城壁を眺め、瑠奈は不安になった。

「本気で逃げるなら、手を貸すよ。荷馬車の中に隠れて門を通り抜けるか、侍女を装って門を抜けるしかないと思う。ただ聖女ちゃんの黒髪黒目は目立つから、侍女の振りは難しいかも」

ルイは声を落として言う。荷馬車の中に身を潜める方法は瑠奈も考えた。手引する人が必要な方法だ。のちのちバレたら、その人に迷惑がかかるだろう。

「でも……いいの？　もしバレたらルイがひどい目に遭うよ？」

手助けは欲しいが、それはその人を窮地《きゅうち》に陥らせてまでしたいことではない。ルイを信じていいのかという疑問もある。

「別にいいよ。俺もそろそろこの仕事辞めようかと思ってたところだし」

ルイはあっけらかんと答える。瑠奈には分からないが、王宮勤めは手堅い仕事なのではないだろうか？　確かにルイは器用で、見栄えもいいし、人当たりがいいのでどこへ行っても上手くやっていける気はするが。

「でも聖女ちゃんはここを出たら、どうするの？」

探るような目つきで見られ、瑠奈も悩ましげに頬に手を当てた。

「ここにいたらあの男と結婚させられるでしょ？　それだけは絶対に嫌。でも大神官が目覚めたら自分の国へ帰してほしいの。だからどこか目立たない場所に隠れていたいんだ」

瑠奈の計画では、隠れ家に身を潜め、目覚めた大神官にひそかに会いに行き、交渉する。瑠奈の見ている限り、神殿と王家はすごく仲がいいわけではない。サマールの口ぶりでは軽視されていて不満があるという感情が透けて見えた。

「そうかぁ……」

ルイは少し残念そうに遠くを見やる。瑠奈はちらりとルイを見上げた。この世界に来て、瑠奈と仲良くなってくれたのはルイだけだ。他の人は遠巻きに見るか、意地悪するか、一線を引くかのどれかだ。ミュウは身の回りの世話をしてくれるが、一線を引かれている。

「逃げる時に、できたらミュウは私を手助けしたと思われないようにしたいかな。手足を縛り上げておけば、きっと仲間と思われないよね？」

ミュウには一度迷惑をかけているので、今度は気をつけなければならない。

「そうだね……。あ」

ルイが厩の前に人影があるのを見て、瑠奈の手から手綱を取った。

「聖女ちゃんに手伝わせてるのを見られたら怒られるからね。馬を使う予定はなかったけど、何かあったかかな？　災害の件かも」

二頭の馬を引きながらルイが呟く。

「災害？」

厩の前にいるのは第二王子の従者らしい。瑠奈はルイの背中に隠れて首をかしげた。

「知らない？　第一王子の誕生祭の夜に災害が起きたんだよ。第一王子の直轄領だったから、第二王子派は『天の意向に沿わないのだ』って第一王子の継承を疑問視してる」

知らなかったが、ミカエル王子に叩かれたあの夜、地方では災害が起きていたらしい。

しかも第一王子の治める領で突然の大雨が降り、川が氾濫《はんらん》したそうだ。

「ああ、ゲリラ豪雨ね？　こっちでもあるんだ」

言われてみると授業で王宮に行った際、ばたばたとしていた気がする。

「……ん？」

ふと見ると、ルイが振り返り、じーっと瑠奈を見つめている。ゲリラ豪雨という言い方はここではしないのかもしれない。

「いや……。何でもないよ」

ルイは小さく笑って手を振る。第二王子の従者と関わりたくなくて、瑠奈はルイと別れて離宮へ戻った。戻る途中で迎えに来たミュウと廊下で出くわす。

「聖女様、こちらにいらっしゃいましたか。陛下から謁見の間へ来るよう仰せつかりました」

ミュウが安堵した様子で言う。瑠奈を探していたようで、ミュウは少し息切れしている。突然の呼び出しに不穏なものを感じたが、無視するわけにもいかない。瑠奈はミュウに先導されて王宮へ向かった。

謁見の間に通されるのは国王に顔見せして以来で、瑠奈にとってあまり良い思い出はない。今日も玉座に国王陛下と王妃が座り、その並びに王子や王女が立っている。瑠奈は宰相に第一王子の隣に立つよう指示され、一段高い場所に上がり、ミカエル王子の前を通った。一応礼儀としてミカエル王子に挨拶をする。

「王子殿下、ご機嫌よう」

頬を叩かれて以来会うので、顔を見ると怒りが蘇《よみがえ》るかもしれないとうつむいて言った。ミカエル王子は冷たい視線を瑠奈に向け、無言で顔を背ける。顔を合わせたら嫌味を言われると思っていたが、不機嫌な態度のまま無視するだけだったのでホッとした。

「全員揃ったようだな」

国王が王族の面子《メンツ》を見やり、最後に瑠奈をじろりと睨む。

「神官長を呼べ」

国王が軽く手を振り、斜め向かいにいた宰相に告げる。宰相は一礼して謁見の間を出ていった。これが何の集まりなのか分からないまま瑠奈はホールに集まった貴族や神官たちに目を向けた。その中にはサマールもいて、ひどく動揺した様子でこちらを見上げてくる。

少しして宰相と共に入ってきたのは、神官長、シュトランゼ公爵、そして公爵令嬢のエリーゼだった。神官長は堂々とした足取りで、公爵と公爵令嬢を従えて玉座に進む。その後ろから、衛兵に支えられて一人の老婦人が入ってきた。

神官長は国王の前に進み出ると、すっと膝をついた。公爵と公爵令嬢も同じように膝を折る。国王の「立つがよい」という言葉と共に神官長が立ち上がり、一礼した。公爵と公爵令嬢もその横に並ぶ。

「お時間をいただき、誠にありがとうございます」

神官長は胸に手を当て、ちらりとこちらを見た。瑠奈を見て、にやりと笑う。何だろう。すごく嫌な感じだ。

「お話しいたしました通り、シュトランゼ公爵令嬢に聖女としての力が現れましたことをご報告申し上げます」

神官長が言いだし、貴族や神官たちがざわりとした。瑠奈も驚いて目を見開き、嬉しそうに微笑んでいる公爵令嬢を見た。公爵令嬢は瑠奈と目が合うと、不敵な笑みを浮かべる。

「それは真か」

国王はじっと公爵令嬢を見下ろした。

「おそれながら陛下に申し上げます。我が娘はここ数日神殿で祈りを捧げておりました。娘が言うには神の啓示を授かったと」

シュトランゼ公爵が説明する。神の啓示と聞き、ますます神官たちがざわついた。

「娘は怪我をした使用人を、治癒しました。聖女かどうかは私には判別がつきませんが、治癒魔法を使ったのは間違いありません」

公爵令嬢の肩に手を回し、シュトランゼ公爵が言う。

「公爵令嬢が啓示を受けた時、偶然にも私が居合わせました」

神官長が後を引き継ぐように滑らかに舌を動かす。

「公爵令嬢の身体が光り、私には女神が降臨なされたのが分かったのです。突然の報告で、陛下並びに皆様方もすぐには信じられないでしょう。ですので、ここへ怪我人を連れてまいりました」

神官長は後ろで控えていた衛兵に声をかけた。衛兵は年老いた婦人を公爵令嬢の前に誘導してから、その婦人の上着を脱がせた。老婦人の左腕には包帯が巻かれている。それを解くと、最近できたばかりの裂傷が露わになった。血は止まっているが、傷口が膿《う》んでいるのが見て取れる。

「暴漢に襲われ、腕を斬られたご婦人です」

衛兵が年老いた婦人について説明する。老婦人は国王の前に呼び出され、不安そうに膝をついている。

「公爵令嬢、やって見せよ」

国王が顎をしゃくり、公爵令嬢を促す。公爵令嬢は優雅にスカートの裾を持ち上げ、老婦人の手を握った。

「女神様の加護により、怪我を治したまえ」

公爵令嬢は敬虔《けいけん》なシスターみたいな神妙な顔つきで呟く。とたんに公爵令嬢の胸辺りが光った。神官や貴族たちが驚いて声を上げ、瑠奈や王家の人間も目を瞠る。

老婦人の腕の怪我がみるみるうちに治っていった。傷口がふさがれ、まるで何事もなかったように綺麗な肌になる。

「おおお……、これは何という……」

貴族たちがざわめく。公爵令嬢は誇らしげに微笑み、年老いた婦人はびっくりして腰を抜かした。

「な、何と私の怪我が……っ、ああ、ご令嬢様のおかげで私は救われました！」

老婦人は涙を浮かべ、公爵令嬢の前で手を合わせる。

「まさか……奇跡か、聖女ではないか！」

「公爵令嬢に聖女の力が発現するとは……っ」

ホール中が騒がしくなり、瑠奈もぽかんとして公爵令嬢を見つめた。信じられない魔法だった。傷口があんなふうに治るなんて。

「いかがでございましょうか。公爵令嬢の力は本物です。彼女こそ、真の聖女だったのです。そこにいる偽物とは違い」

神官長ににやりとしながら言われ、瑠奈は自分を見る皆の目つきが冷たいのに気づいた。

（いや、私、自分が聖女なんて一言も言ってませんけど？　そっちが勝手に言ってたのに、何で私が責められるのよ！）

言い返したい気持ちはあるが、こういう場で勝手に発言すると後々厄介なことになるのは履修済みだ。

「ふむ……。公爵令嬢の力は本物のようだな。よかろう、公爵令嬢を聖女と認める」

国王が断言し、おお……と貴族たちがどよめく。瑠奈は後で知ったのだが、聖女認定されるのはすごいことらしい。

「聖女が二人なんて、今までにないことだぞ……」

「これは吉兆か、凶兆か……」

神官たちは互いに顔を見合わせて討論している。

「娘は陛下のため、国のためにこの力を使いたいと申しております」

シュトランゼ公爵が深く頭を下げ、公爵令嬢の手を取る。

「つきましては娘を王宮に住まわせていただきたく、宮殿の手配を願います。我が娘にふさわしい宮殿を希望いたします。偽物聖女とは違い、すでに治癒ができるのですから」

シュトランゼ公爵が芝居がかった口調で言い、公爵令嬢は誇らしげに微笑んでこちらを見た。離宮に住まわされている瑠奈への当てつけだろう。

「よかろう、宰相に手配させる」

公爵の希望は他にもあったが、国王は条件をつけずにそれを快諾した。それほど治癒能力があるというのは別格なことなのだろう。いっそ瑠奈を王城から追い出してくれたらいいのにと思ったが、公爵がどれほど偽物と言っても国王が瑠奈を解放する気配は微塵もなかった。

結局、瑠奈は一言もしゃべる機会を与えられず、公爵家の聖女のお披露目は終わった。公爵令嬢が第一王子に嬉々としてしなだれかかっているのを横目で見ながら、瑠奈は離宮に戻った。

■3　聖女追放

公爵令嬢が王宮に住むようになって、二週間が過ぎた。

公爵令嬢には睡蓮宮《すいれんきゅう》という宮殿が与えられ、早速そこへ大勢の侍女と共に入って住んでいるという。一度庭を散歩している時に見かけたが、移動するのにも侍女を五、六名引き連れていて、待遇の差は明らかだった。

ミカエル王子と一緒にいるところもよく見かけ、王族の怪我や病気などの治療に当たっているためか、もはや王子妃といっても遜色《そんしょく》ない状況だ。瑠奈には許されなかった外出も、公爵令嬢は護衛騎士を伴ってしてしているらしい。

(すごいストレスなんだけど)

日に日に募るストレスに、胃もきりきりと痛み、朝起きるのが苦痛になっている。自分が何のためにここにいるのかさっぱり分からない。出ていくこともできず、一向に使えない魔法の勉強をし、ミカエル王子と公爵令嬢の嫌味にさらされている。

「聖女ちゃん。例の案件だけど」

瑠奈が唯一癒されるのは、魔法の授業の後の厩でのひと時だ。可愛い馬の背を撫で、ルイに愚痴をこぼす時間がなければ、きっと精神的におかしくなっていただろう。

「うん」

瑠奈は馬の身体に寄り添いつつ、真剣な目をルイに向けた。ルイは瑠奈が逃げ出したいという希望を叶えるべく、秘密裏に動いている。ルイに迷惑をかけるのは本当に心苦しいが、瑠奈の我慢も限界だ。このままここにいたら、ぶちぎれてミカエル王子の急所を蹴り上げかねない。

「来月陛下が東ディモールへ視察に行くから、その時に決行しよう。近衛騎士団を連れていくから、警備が少しだけ手薄になる。野菜や果物を城に卸す業者が知り合いだから、帰りの荷馬車に聖女ちゃんをこっそり乗せてもらう」

ルイに耳打ちされて、瑠奈は気を引き締めた。

「ありがとう、どうお礼をしたらいいか分からないよ」

瑠奈は感謝の気持ちがあふれて、ルイに潤んだ目を向けた。

「まだ成功してないから、それは早いって。だからそれまでここに来ないほうがいいよ。疑われる行動は避けなきゃね」

ルイにウインクされ、瑠奈も頷いた。それでなくても精神的にきつくてルイのところに毎日通ってしまっている。あまり目立つ行動はしないほうがいいだろう。瑠奈はルイにお礼を言ってその場を離れた。

逃亡する日が近づくにつれ、瑠奈はそわそわしてきた。この国では貴族階級があり、絶対的な封建制度がある。日本で暮らしていた瑠奈には理解し難いが、この国のトップである国王の目を盗んで逃げ出すのは、きっとかなりの大罪だ。そんな罪をルイに背負わせていいのだろうかという迷いが、瑠奈の心に伸し掛かってきた。もしばれたら、ルイはどんな目に遭うのだろう。成功すればいいが、失敗した時の恐怖に襲われ、不安になってきた。

だからといって今さらやめるとは言いたくない。瑠奈自身の心の限界が近く、ずっとこの王城に閉じ込められていたらおかしくなりそうだった。ただでさえ見知らぬ世界に連れてこられ、見知らぬ文化を押しつけられているのだ。しかもありもしない能力を求められ、できない無能と貶《おとし》められた。

（迷っちゃ駄目だ。ルイを信じよう。絶対上手くいく）

無事王城から逃げられたら、ルイにはできる限りのお礼をしなければならない。この国のお金を一銭も持っていないので返せるものがないが、この国に馴染めたら働くことだってできるはずだ。

「聖女様、公爵令嬢がお呼びです。一緒にお茶を飲まないかと」

少し神経質になりかけていた時、ミュウが浮かない顔つきで部屋にやってきた。

「行かなきゃいけないの？」

公爵令嬢にお茶を誘われても、嬉しくも何ともない。どうせ無能だの平民だの嫌味を言われるだけだ。気持ちが不安定な時に会いたくなくて、瑠奈は眉を顰めた。

「高位の貴族の誘いを断るのは非常識といわれております……」

ミュウも言いづらそうだ。瑠奈が公爵令嬢にどんな目に遭っているか分かっているので、強くは言えないのだろう。

「聖女って治外法権なんじゃないの？」

瑠奈がドアのところで渋っていると、ミュウの背後から影が現れた。きつい目つきをした中年女性で、メイド服を着ている。確か侍女長のアマンダだ。

「公女様のお誘いを断るとは何たる無礼か。公女様はあなたのような下々の方と交流を持とうとお茶に誘って下さったのですよ？　これだから常識のない平民は……っ」

語気荒く迫られ、瑠奈はムッとした。アマンダは最初だけ瑠奈に丁寧な態度だったが、魔力がまったく使えないと知ると、急に瑠奈に冷たく当たるようになった。伯爵家の出らしく、能力のない聖女は平民でしかないと吹聴《ふいちょう》している。

「侍女長様、聖女様は……」

ミュウがとりなそうとすると、アマンダがキッと目を吊り上げ、ミュウの頬を叩いた。

瑠奈はびっくりして、よろめくミュウを支えた。ミュウは青ざめて言葉をつぐむ。

「お前は黙っていなさい。お前が聖女を躾けないからこういう態度をとるのだ」

アマンダはミュウの頬を打ったことなど意に介した様子もなく、平然と述べる。ミュウは男爵家の出で、アマンダには逆らえない。

「叩くことないでしょう⁉　分かったわよ、行けばいいんでしょう！　暴力で人を従わせるなんて卑怯《ひきょう》極まりないけどね！」

カッカきて瑠奈は大声で怒鳴った。

「暴力ではありません。これは指導です」

アマンダは顔色一つ変えない。ここにいる人たちに何を言っても無駄だと悟り、瑠奈は歯ぎしりをして部屋を出た。ミュウが青ざめた表情でついてきたので、瑠奈はそっとその背を撫でた。

「ミュウはいいよ、頬が赤くなってるから冷やしてきたら？」

「でも……」

ミュウは心配そうにアマンダを窺う。

「メイドなら足りておりますから、よろしいでしょう」

アマンダは冷たい眼差しをミュウに注ぎ、背を向ける。ミュウは不安そうにこちらを見ていたが、瑠奈が行ってというように手を振ると、一礼して去っていった。

瑠奈の住む離れの宮殿から、アマンダに先導されて睡蓮宮に向かった。睡蓮宮は瑠奈の離宮とは違い王宮に隣接しており、華やかな内装と、格調高い調度品が揃っている。公爵令嬢は薔薇《ばら》の花が咲く庭の東屋で瑠奈を待っていた。

東屋のテーブルには豪華な食器を使ったティーセットが置かれていた。三段構えの銀製のティースタンドにはスコーンやクッキーが載っている。メイド服姿の若い女性が二人控えていたが、公爵令嬢に叱《しか》られでもしたのか、やけに青ざめた表情で立っていた。

「エリーゼ様、連れてまいりました」

アマンダは瑠奈を公爵令嬢の前に連れてくると、ふんと鼻を鳴らした。公爵令嬢は座ったままにっこりと微笑み、手を差し出した。

「聖女様、どうぞお座りになって」

公爵令嬢は公でよく見せる優しげな笑みを浮かべている。瑠奈は警戒しつつ、公爵令嬢の向かいの席に腰を下ろした。

「私も聖女と認められましたでしょう？　同じ聖女として交流を深めたいと思ったのですわ。平民のあなたはこのような場に慣れてないでしょうから、私を手本となさってよろしいのよ。平民には手が届かないようなお菓子ばかりですから、あなたのよい思い出になるでしょうし」

自慢げにテーブルの上を示され、瑠奈はうんざりした。控えていたメイドが公爵令嬢と瑠奈のためにお茶を淹《い》れ始める。黙っていようかと思ったが、先ほどミュウを叩かれたのもあって怒りが抑えられなくなっていた。

「は？　私のいた世界じゃ、アフタヌーンティーくらいふつうですけど？　それにこの程度のお菓子でよくそこまで言えますね。ケーキも一種類しかないし、素朴なお菓子ばっかりでお安い茶会ですこと。最後に私が行ったホテルのアフタヌーンティーは、ケーキやスコーンがこの三倍の種類はありましたけど？」

今まで文明水準が低いと思って言わないでいたが、限界を超えた口がつらつら語りだした。公爵令嬢はぽかんとした顔で固まっている。

「それにこのお茶だって、せいぜい隣国から輸入するくらいでしょ？　私のいた国じゃ世界中の国から取り寄せられましたから、最高級品しか出てこなかったですね。狭い世界しかご存じなくてお可哀想」

メイドの淹れたお茶をちらりと見て、瑠奈は続けた。飛行機のないこの世界では、輸出入はすべて船を使っている。近い国の品しか移送できないのは確認済みだ。前聖女は瑠奈のいる世界より百年前の人間だ。この世界に知識をもたらしたとしても、それは百年前のものばかりで瑠奈にとってこの世界は中世ヨーロッパくらい古めかしい。そんなものでマウントを取ろうとする公爵令嬢が哀れで見ていられない。

「な……っ」

公爵令嬢の顔がみるみるうちに気色《けしき》ばんでいく。メイドはハラハラして瑠奈と公爵令嬢のやり取りを聞いている。

「何ですって……っ、あ、あなた私を馬鹿にしたの⁉」

これまで誰にもそんな口の利き方をされたことがないのか、公爵令嬢は身を震わして怒りだした。

「事実を申し上げたまでです。これまであなたを可哀想に思って言わないでおいてあげただけですのよ？　私にとってこの世界は時代遅れの猿の文明みたいなんですもの」

今までの鬱憤を晴らすように瑠奈は首をかしげて言った。とたんに公爵令嬢は怒りで顔を真っ赤にして持っていた扇子を投げつけてきた。コントロールが悪くてそれは瑠奈の横をすり抜けていった。

「お茶会中に扇子を投げつけるなんて、公女様は礼儀もご存じないのね」

瑠奈がにっこり笑って言うと、公爵令嬢がわなわなと身体を震わせて睨みつけてきた。

「……っ、フン、そうしていられるのも今のうちよ」

怒りで摑みかかってくるかと思った公爵令嬢だが、何かを思い出したように怒気を治めた。ふてぶてしく笑みを浮かべ、カップに手を伸ばす。

「あんたはもう終わりなんだから」

凶悪な顔つきで公爵令嬢がお茶に口をつけた。嫌な予感がして瑠奈が腰を浮かすと、目の前で公爵令嬢が身を折って咳《せ》き込み始めた。がはっと公爵令嬢が口から何かを吐き出す。

「きゃあああ！」

瑠奈が吐き出したものを確認する前に、侍女が悲鳴を上げた。とっさに床を見ると、血痕が点々としている。公爵令嬢は苦しそうにその場に倒れた。

「エリーゼ様が毒を盛られたわ！」

まるで始めから筋書きがあったように、侍女が叫んだ。瑠奈はこの場から離れようとしたが、その腕を取り押さえる者があった。アマンダだ。

「毒を盛ったのはこの女よ！　私が見ていたわ！」

勝ち誇った顔つきでアマンダが言い、瑠奈は呆気《あっけ》にとられた。

「は？　お茶を淹れたのは私じゃないし、カップに触ってもいないでしょ！」

いくら罪を着せるにしてもひどすぎると瑠奈が反論すると、アマンダが周りにいた侍女を細めた目で見る。

「お前たちも見たわね？」

アマンダが威圧を伴って問う。そこで初めて侍女たちがずっとおどおどしていた理由が判明した。彼女たちは最初からこの芝居を企《たくら》んでいたのだ。公爵令嬢は苦しそうに口元を押さえているが、その様子はとても死にそうではない。

「は……はい……聖女様が毒を盛られました」

泣きそうな顔で侍女たちがうつむいて声を絞り出す。その時点で少し離れた場所にいた近衛騎士が数名飛んできた。

「どうなされましたか！」

近衛騎士たちは血を吐いた公爵令嬢と、拘束されている瑠奈を交互に確認する。

「医師を呼んで！　聖女がエリーゼ様を殺そうとした！」

アマンダが声高に言い放つ。瑠奈は抵抗したが、近衛騎士によって取り押さえられた。地面に押さえつけられ、強い力で両腕を掴まれる。

（やられた――）

瑠奈は唇を噛んで公爵令嬢とアマンダを睨みつけた。公爵令嬢がにやりとしてアマンダにもたれかかるのを、見ていることしかできなかった。


瑠奈は牢屋に入れられた。王宮の西にある塔の、地下牢だった。地面は土で、六畳程度の狭い独房だった。手枷《てかせ》を嵌《は》められ、与えられたのは水だけ。しかも汚いバケツに入っている。

「冤罪《えんざい》です！　何で触ってもいない私が毒を入れられるのよ！」

瑠奈は腹が立って、鉄格子にすがりつき、牢番をしている騎士に向かって怒鳴った。いくら何でも証言だけで牢に入れられるとは思っていなかったが、甘かった。公爵令嬢は侍女長と侍女二人の証言をでっちあげ、瑠奈を犯罪者にしたのだ。しかも国王不在の時期だ。代理を務めているミカエル王子の許可があり、瑠奈は牢に閉じ込められた。

「あークソッ、もう嫌！　最悪！」

瑠奈は手枷を鉄格子にガンガンぶつけて悪態を吐いた。ルイが逃がしてくれる予定は明日だったのに、牢に入れられるなんて。

（私の指紋がエリーゼの飲んだカップから出るわけない……、ってこの世界、指紋鑑定とかないのか⁉　どうしよう、マジで冤罪じゃん！）

一通り怒りを吐き出すと、瑠奈は絶望して地面にうずくまった。公爵令嬢が瑠奈を嵌めるつもりだと気づくべきだった。行きたくなかったのに、ミュウに罰を与えられそうで同情したのが間違いだ。

「あのクソ侍女長……っ、絶対許さん……っ」

絶望の後にはまた怒りが湧いて、憤《いきどお》りを地面や鉄格子にぶつけた。ともかく誰かが助けに来てくれないかと、牢番に向かって無実を訴えた。

その声もいつしか嗄《か》れ、暗い牢には自分の息遣いしか聞こえなくなる。

牢には明かり取りの窓はなく、ずっと暗い。逃げ出したくても、鉄格子は頑丈で、誰も見に来ない。

何時間経ったのか分からないが、眠気に襲われて睡眠を取り、おそらく一昼夜くらいを過ごした。ルイが手配した荷馬車の予定時刻はとっくに過ぎているだろう。王城から出られなかった絶望に加え、冤罪でどんな処罰を受けるのか分からない不安、それに水しか与えられなくて空腹で倒れそうだった。

（私……どうなるんだろう）

じわじわと恐ろしさに精神をやられそうになった時、牢に近づいてくる足音がした。のろのろと顔を上げると、ミカエル王子が鉄格子の前に立っていた。助けてくれるのだろうかと一瞬だけ期待したが、ミカエル王子の侮蔑するような眼差しを見て、確信した。

（こいつもグルか……）

ミカエル王子は手枷をつけ、地面にうずくまる瑠奈を見て笑いだす。

「いいざまだな、聖女よ。お前はエリーゼを殺害しようとした容疑で罰を受けるのだ。当然、婚約破棄だ。俺はお前のような地味で無能で口答えするような者を王妃にしたくなかったのでな」

ミカエル王子は鉄格子に手をかけ、牢番に聞こえないように囁く。

「本来なら処刑するところだが、俺は慈悲深い。お前は国外追放にしてやろう」

にやにやとして言われ、瑠奈はハッとした。

国外追放――この国から逃れられる？

「あ……ありがとうございます」

本当は腹立たしい気持ちをぶつけたかったが、瑠奈はぐっとこらえて土下座をした。

（国外追放してくれ！）

ここから逃げられるチャンスではないか。瑠奈は涙を浮かべてミカエル王子にひれ伏した。国王不在だからこそ生まれたチャンスだ。多分、ミカエル王子は公爵令嬢と企んで、国王不在の間に瑠奈を追い出そうとしている。王城からすら出したがらなかった国王が、国外追放なんて許可するわけがない。

だがここで喜んでしまったら、ミカエル王子が気を変える可能性がある。瑠奈はあくまで慈悲にすがりつくように哀れな態度を見せた。

「命だけはお救い下さり……感謝の念に堪えません……っ、うう……っ」

ちょうど絶望的な気分だったのもあいまって、泣く演技がすごく上手くできた。ミカエル王子も気をよくしたように笑っている。

「そうか、そうか。最初からそういう殊勝な態度だったら、側室くらいにはしてやったものを。まぁいい、お前のような貧相な身体つきの女は俺の好みじゃないからな。まずはこれにサインをしろ」

すっかり気をよくしたようにミカエル王子がぺらっと紙を鉄格子越しに渡してくる。内容は婚約破棄を認めるというものだ。ミカエル王子との婚約破棄は願ってもないことだったので、渡された羽根ペンで急いで署名した。

「よし。これでお前とは縁が切れたな」

高笑いをしてミカエル王子が手を叩く。すると近衛騎士が二名やってきて、牢の鍵を開けた。近衛騎士は瑠奈の両脇を抱え、牢から引きずり出す。

「後のことは分かっているな？」

ミカエル王子が近衛騎士に囁く。

「心得ております」

近衛騎士は二名とも中年男性で、一人は舐《な》めるような目つきで瑠奈を見ている。ミカエル王子は軽く手を振り、地下牢から去っていった。瑠奈は近衛騎士に引きずられ、西の塔の地下牢から出された。外に出ると、すでに辺りは真っ暗だった。牢に入れられてから二日が経っているのを知った。

「乗れ」

近衛騎士は西の塔の前に置かれた馬車に瑠奈を放り込んだ。馬車は質素な感じで、硬い椅子に座らされる。近衛騎士の一人は瑠奈の前に座り、もう一人は瑠奈の隣に腰掛けた。手枷は外されないままで、瑠奈はドキドキしながら息を整えた。馬車には小窓があるが、板を打ち付けられていて、外の様子が分からない。

どうなるのだろうと不安に思っていると、いきなり馬車が揺れた。どうやら走りだしたらしい。馬の蹄の音と、御者の鞭を振るう音がかすかに聞こえる。

「……」

瑠奈は身を固くしながら近衛騎士を窺った。向かいに座った近衛騎士は仏頂面で瑠奈と視線を合わさないが、隣に座った近衛騎士は下卑た視線を向けてくる。気づまりな空気の中、馬車は夜にも関わらず、速度を上げて走っている。

二時間ほど走った頃だろうか、それまで石畳の上を走っていたのが、土の地面に変わったのが分かった。郊外に出たのだろう。それまでとは比べ物にならないほど馬車が揺れる。

窓の外が見えないので、どこへ連れていかれるかまったく分からない。

さらに一時間が経った頃だ。瑠奈の隣に座っていた近衛騎士がもぞもぞと動きだした。

「なぁ、馬車から降りたら――」

近衛騎士の手が、瑠奈の肩に回り、衣服越しに身体に触れてくる。嫌悪感を催して瑠奈がその手を振り払うと、にやにやしながらスカートの上から太ももを撫でてきた。

「やめておけ。いくら魔力が発現しなかろうと聖女だぞ」

向かいに座った近衛騎士が咎めるように言う。

「ちっ、お前は堅いな。いいじゃねぇか、どうせ……なんだから」

瑠奈をべたべた触りまくる不快な近衛騎士は意味ありげに瑠奈の耳に息を吹きかける。まるでこの先に未来がないかのような近衛騎士の言い方に、不安が込み上げてきた。

（国外追放……じゃないの？）

鼓動が跳ね上がり、勝手に身体がブルブルと震えだした。隣の近衛騎士は最低な人種のようだが、向かいに座った近衛騎士はまだまともな感性を持っているようだ。

「私はどこへ連れていかれるの？」

瑠奈は息を乱して、向かいの近衛騎士に問うた。瑠奈と目が合い、近衛騎士が嫌そうに目を逸らす。

「国外追放って聞いたわ。私はどうなるの？」

尖《とが》った声で瑠奈は再び問いかけた。向かいに座った近衛騎士は無言を貫いている。瑠奈の太ももを撫でていた隣の近衛騎士は、下卑た笑いで瑠奈にしなだれかかった。

「残念だったなぁ、お前さんは魔獣の棲む森へ捨てられるんだよ。第一王子からは殺すよう命じられているが、お前の態度次第では生かしておいてやってもいいぞ？」

瑠奈の身体に不快な手を這わす近衛騎士が、おかしそうに語りだす。殺すと聞かされ、瑠奈の血の気が引いた。

「可哀想にねぇ。第一王子は陛下のいない間にお前を始末したくてたまらないようだぜ」

べらべらとしゃべってくれた近衛騎士のおかげで、事情が理解できた。国外追放というのは表向きで、実は殺すつもりだったのだ。歴史の勉強をした際に、国の地形も教えられた。西の国境付近に魔獣の棲む森があって、そこから瘴気があふれ魔物が出てくると。瑠奈はそこへ連れていかれる。

「触らないで！」

瑠奈は近衛騎士に好き勝手に触られ、憤りを込めて叫んだ。びくっと近衛騎士の手が止まり、舌打ちされる。瑠奈が睨みつけると、近衛騎士は忌ま忌ましそうに手を引っ込めた。

「どうせ死ぬんだから、その前に可愛がってやろうと思ったのによ。お高く止まってるんじゃねぇよ」

近衛騎士は腹立たしそうに瑠奈の頭を叩く。瑠奈はよろめき、手枷を嵌められていたのもあって、馬車の壁に倒れかかった。これまで耐えていたもの、考えないようにしてきたものが一気に爆発するみたいだった。理不尽な仕打ち、ろくな人間がいない世界、狂った制度、クズ人間。溜まっていた負の感情が、隣の近衛騎士に向けられる。

「――お前は一生幸せになれない」

瑠奈は気づいたら、隣にいた近衛騎士に告げていた。自分の口から出たものとは思えない、ひどく冷たい声だった。

「お前の身体はこの先、誰も愛せない」

瑠奈が続けて言葉を放った時だ。近衛騎士が頭に血が上ったように拳を振り上げた。顔面をすごい力で殴られて、瑠奈は馬車の内壁に叩きつけられた。壁にぶつかった際に口の中を切ったのか、口中に鉄の味が広がる。

「うぐ……っ」

ふいに、呻《うめ》き声が聞こえた。瑠奈が顔を上げると、瑠奈に手を上げた近衛騎士が股間を押さえて真っ青になっていた。

「おい──」

向かいに座っていた近衛騎士は、瑠奈と近衛騎士を交互に見やり、腰を浮かす。

「い、痛ぇ……、股間が……、い、痛ぇよぅ……」

近衛騎士は股間を押さえて痛みに悶《もだ》え始める。向かいに座った近衛騎士は、恐ろしげに瑠奈を見返した。

「聖女の力、か……?」

近衛騎士は瑠奈が何かしたと思ったのだろう。瑠奈は何もしていないが、勘違いしてくれているなら都合がいい。

「私を殺したら、お前らは一生呪われる」

瑠奈は二の腕で口元を拭って、低い声で呟いた。二の腕に血がついている。壁にぶつけられた時に口の中を切ったのだろう。びくりとして近衛騎士二人が息を呑んだ。隣にいた近衛騎士は、瑠奈と少しでも離れようとしてか、反対の壁に身をくっつけて股間を押さえている。

「その度胸があるなら止めはしないけど」

瑠奈はあえて微笑みを浮かべた。はったりだったが、近衛騎士二人は真っ青になって凍りついた。

やがて馬車がゆっくりと停まり、外から馬車の扉が叩かれた。股間を押さえたままの近衛騎士が急いで馬車の扉を開け、外に逃げ出した。

「着きましたが……」

御者がおそるおそるというように馬車の中を覗き込む。向かいに座っていた近衛騎士は瑠奈を凝視したまま何も言わない。怯《おび》えているのが手に取るように分かり、瑠奈は手枷を前に突き出した。

「これを外して」

近衛騎士に向かって言うと、焦ったそぶりで錠前を解きだす。瑠奈は自由になった手を軽く振り、近衛騎士の前を通って馬車の外へ出た。

ひんやりとした空気、鬱蒼《うっそう》と生い茂った森、辺りに明かりは見当たらず、馬車のランプがあるのみだ。

「おい、早く出せ！」

瑠奈が振り返る間もなく、股間を押さえた近衛騎士が馬車に飛び乗り、大声で御者を急かした。御者は戸惑った様子で瑠奈を見やり、御者席へ移動する。

「早くしろ！」

近衛騎士は一刻も早く瑠奈から遠ざかりたかったのだろう。何度も怒鳴り声を上げて、馬車を出発させた。御者は瑠奈を気にしつつも、鞭を振るって元来た道を戻っていく。馬車の明かりがどんどん遠ざかると、辺り一帯はほぼ真っ暗になった。月明かりだけしかない。

「はー……っ」

森の中に一人きりになり、瑠奈は肩を落としてその場にしゃがみ込んだ。

やっと王城から離れられたという安堵感と、見知らぬ森へ置いていかれた不安感、そしてとうとう一人きりになったという孤独感――。瑠奈はそれまでこらえていたものを吐き出すように涙を滲ませた。

「あーマジでクソッ、バルハラッド王国は滅びろ！　ミカエル王子とエリーゼは呪われろ！」

どうせ誰もいないので、思いきり怒鳴ってストレスを発散させた。叫ぶと少しすっきりして、気持ちが軽くなる。こんな場所で一人きりなのは恐ろしくて仕方ないが、あの最悪の場から逃れられたのだ。しかも殺される危険性も回避した。

「よしっ、切り替え！」

自分の頬を両手でぱしっと叩き、瑠奈は月を見上げた。ともかく日が昇らないことにはどっちに行ったらいいかも分からない。この夜を乗り越えなければならないのだ。きょろきょろしながら枯れ草を踏みつつ歩きだすと、どこからか狼《おおかみ》の遠吠えみたいなものが聞こえてきた。近衛騎士たちは魔獣の森と言っていた。危険な動物がいるのだ。

「えっと……、どこか木……」

瑠奈は大木の上で夜をやり過ごそうと考え、周囲を見回した。月明かりに目が慣れてきて、ぼんやりと大木が浮かび上がる。瑠奈は不慣れな手つきで大木によじ登ろうとした。木の皮で足が滑り、上手く登れない。

「ううー……、何で私がこんな目に」

涙を拭いながら、必死に枝に手をかけようとするが、なかなか上手くいかない。他の木を探そうかと思っていると、どこからかカサカサと草を揺らす音が聞こえてきた。

「ひ……っ」

振り返ると、暗闇に赤い目が光っている。帰り道に路地裏に潜んでいる野良猫を見た時と同じだ。獣がいるのだと瑠奈はゾッとした。

「どうしよ、どうしよ……」

焦って木にしがみつき、どうにか上へ逃げようともがく。獣の気配はどんどん近づいていて、足音も聞こえてくる。振り返ると、狼に似た獣が二頭、こちらへ向かって駆けてくる。

「きゃあああ！」

あまりの恐ろしさに瑠奈は悲鳴を上げた。木に登るのは諦め、少しでも離れようと森の暗闇の中へと、走りだす。冷えた空気が頬を嬲《なぶ》った。どこを走っているのかも分からず、ただひたすら獣から逃げようともがいた。

「うわっ」

真っ暗な中、走っていたせいか、木の根に躓《つまず》き、瑠奈は転倒した。すぐ近くまで獣が迫っている。獣に嚙み殺されるんだと、瑠奈は死を覚悟した。

——闇夜の空気を切り裂くように、一本の矢が獣の横腹に突き刺さった。

「ギャワワン！」

獣が悲鳴を上げ、枯れ草にどうっと倒れ込む。続けてもう一本の矢が残りの獣の頭を貫いた。

「ひゃ……」

瑠奈は目の前で射殺された獣を凝視し、ぷるぷると震えた。矢が飛んできた方向へ目を向ける。揺れる明かりが目に飛び込む。

「聖女ちゃん！　大丈夫⁉」

月明かりの中、馬と共に現れたのは黒いフード付きのマントを羽織ったルイだった。息を切らして馬を駆り、瑠奈の前でひらりと馬から飛び下りる。馬の首元に明かりを放つ石がくくりつけられていて、それが真剣な顔で瑠奈の前に跪くルイの顔を照らし出した。

「大丈夫⁉　怪我してない⁉」

瑠奈の腕を摑み、ルイが大声で問う。瑠奈はルイの顔を見たとたん、涙腺が崩壊し、泣きながら抱きついた。

「こっ、こわかっ、怖かったよーっ」

どれだけ気丈に振る舞おうと思っても、こんな真っ暗な森の中で獣に襲われて、怖くないわけがない。絶対死ぬと思ったくらいだ。ルイがここまで助けに来てくれたのだと分かると、安心して涙がボロボロこぼれ出た。

「うわあああ」

瑠奈が子どもみたいに泣きじゃくると、ルイがほうっと息をこぼして瑠奈の身体を抱きしめてくれた。

「よかった、怪我はしてないみたいだね？　聖女ちゃんが馬車で連れ去られたって知って急いで追いかけたんだけど、間に合ってよかった。多分、この魔獣の森へ連れていくだろうなって思ったから」

ルイに優しく背中を撫でられ、瑠奈はしばらく泣き続けた。

「い……命の恩人……。ありがとう……このお礼は必ずする……っ」

ひとしきり泣き終えると、瑠奈は涙を拭いてルイに熱く語った。ルイはにこっと笑って、瑠奈の頭を撫でた。それにしても馬で駆りながら獣二頭を弓で仕留めるなんて、ルイはただ者ではない。瑠奈は地面に倒れ伏した獣をおそるおそる覗き込んだ。一頭は即死で、一頭はまだぴくぴくしている。

「詳しい話を聞きたいところだけど、ここは危ない。聖女ちゃん、馬に乗って。安全な場所へ移動しよう」

ルイは瑠奈の身体を抱き上げ、乗ってきた馬の背に乗せた。ルイに軽々と抱き上げられ、見た目と違いすごい力持ちだと感心した。

「この明かり……どうなってるの？」

瑠奈は馬の首で揺れている明かりを不思議に思って尋ねた。馬の首にぶら下げている石みたいなものが、懐中電灯みたいに前方を照らしている。

「中に魔石が入っているんだよ。夜に馬で駆ける時は、これがないと」

ルイに説明され、瑠奈は感心した。

「あ……っ、また獣の気配がする！」

瑠奈はハッとして背後を振り返った。ルイには聞こえなかったようだが、瑠奈が同じ獣が近づいていると言うと、小さく頷いた。

「血の匂いで魔獣が寄ってきたんだろう。急いで離れよう」

ルイはそう言うなり、馬に飛び乗った。瑠奈の身体を後ろから抱きしめる形で、馬の手綱を握る。大きな身体に包まれるようで、鼓動が速まった。ルイの匂いがして、ドキドキと安心感で顔が赤くなる。

(吊り橋の恋ってこーゆーのだよ、絶対!)

そんなことを考えている場合ではないのに、ルイと密着しているのがひどく気になる。

もうこれ以上危険な目に遭わないようにと願いながら、瑠奈はルイと共に夜の森を抜け出した。

ルイは道に迷うことなく馬を走らせていた。瑠奈には暗くてどこを走っているか分からないのに、三十分も馬を走らせると森を抜けていた。街道を進み、時折追手を気にするように後ろを振り返りながら走った。街道にはところどころ光っている部分があって、のちに夜道で光る魔石を石畳に埋め込んでいると知った。その魔石は日光を浴びると光を蓄え、夜になると光るそうだ。ソーラーライトと同じ原理だ。

一時間ほど馬を走らせた頃に、水の音が聞こえてきた。ルイはそこで馬を止め、辺りを見回した。

「この辺で野宿しよう」

ルイは馬から下り、瑠奈が乗ったままの馬の手綱を引こうとしたが、瑠奈はルイの手を借りて馬から下りると、はぐれないようについていった。ルイは馬に水を飲ませ、近くの木に綱を繋ぎ、瑠奈の肩に触れた。

「ちょっとここで待っててくれる？　この辺は危険な獣はいないと思うけど、何かあったら大声出して」

屈《かが》み込んできたルイに言われ、瑠奈は何度も頷いた。ルイは軽く手を上げ闇の中へ消えていく。ルイの姿が見えなくなると、とたんに不安で落ち着かなくなった。馬の身体に寄り添い、森の暗闇のほうへ目を向ける。月明かりに目が慣れてくるとぼんやりと木々や茂みが見えてくる。

ルイは少しして枯れ枝を腕に抱えて戻ってきた。

「火を熾《おこ》すね」

ルイは川の近くに集めた枝を重ね、何か呪文を唱えた。すると、枝にぼっと火が突然熾る。瑠奈がびっくりして飛び上がった。

「魔法が使えるの⁉」

着火剤もないのにいきなり火がついたのは、魔法としか思えなかった。瑠奈の仰天した声に、ルイは苦笑する。

「うん、火魔法と水魔法は使える。あと風魔法もちょっと」

あっさりとルイが明かし、瑠奈は目を丸くした。魔法の存在は知っていたが、実際に見たのは初めてだった。魔法の勉強をしていた瑠奈だが、魔法士と呼ばれる人はごく少数と教えられている。

「何で厩番してたの⁉」

瑠奈にもこの世界で魔法が使えればエリートに属する人間だというのは分かっている。厩番でしかないルイが実は魔法を使えたなんて、明らかに怪しい。

「うーん、ごめん。その話の前にさ、何があったか教えてくれる？」

ルイは熾した火に枝や枯れ葉をくべ、その前にあぐらを掻いた。瑠奈も肌寒さを感じながらその隣に座った。ルイは着ていたマントを脱ぐと、瑠奈の背に被せる。

「予定していた日に現れないから様子を見に行ったら、ミュウから西塔の地下牢に入れられたって聞いた。しかもその後、馬車で連れ去られたってミュウが教えに来てくれた」

ルイは火が小さくならないようにしつつ、瑠奈がいない間のことを語ってくれた。ミュウがルイに助けを求めたと知り、少しだけ心が軽くなった。王宮の人間は全員敵かと思っていたが、ミュウに見捨てられたわけではなかった。

「公爵令嬢のお茶会に無理やり連れていかれて、毒を盛った犯人にされたの」

瑠奈は揺れる火を見つめながら、あの日の出来事から牢に入れられた状況を語った。国外追放にされて、あの魔獣の棲む森へ置き去りにされたのだ。

「そうか……。ちょっと待って、食糧持ってきてた」

ルイは瑠奈が空腹を抱えているのに気づき、背負っていたリュックから干し肉やパンを取り出した。パンは硬く、嚙むと口の中が痛かったけれど、涙が出るほど美味しかったし、干し肉を齧《かじ》って元気が湧いてきた。互いの状況を話し終えると、瑠奈は改めて頭を下げた。

「ルイ、ありがとう。ルイのおかげで生き延びた。でも朝になったら、お城に戻っていいからね。これ以上迷惑かけられないよ」

ルイのおかげで九死に一生を得たが、この国で王家に逆らうのがどれほど恐ろしいことか瑠奈にも理解できる。ここまで付き合ってくれたルイには感謝しかない。日が昇ったら、ルイには元の生活に戻ってほしい。

「いや、ここではいサヨナラって俺がそんな薄情な男に見える？　第一、聖女ちゃんはこの世界のこと何も分からないんだろ？　俺を頼ってよ」

前のめりでルイに言われ、瑠奈の胸が熱くなった。本当はここで置き去りにされたくない。できることならルイに頼りたい。だが……。

「でも私、返せるものが何もなくて」

瑠奈はしょんぼりして呟いた。

「私がもっと美人で胸とかも大きかったらよかったんだけどさ。そういう魅力が皆無でマジごめん」

膝を抱えて自虐的に笑うと、ルイが呆れたように瑠奈の額を小突く。

「何言ってんの、聖女ちゃんは可愛い女の子だよ？　自信持って。それにここでバイバイされても困る。俺、王家の馬盗んじゃったし。城に帰ったら打ち首だと思う」

さらりとルイが爆弾発言をして、瑠奈は顎が外れそうになった。

「この馬、王家の馬なの！」

瑠奈が顔を引き攣らせて馬を指さすと、ルイがにやりと笑った。

「うん、一番いい馬走らせた。さすが脚が早かった」

ルイはくったくなく笑っている。瑠奈のために大罪を犯したなんて笑えないが、そこまで言われては瑠奈も好意に甘えることにした。

「いいの？　私は嬉しいけど。もーホントありがとう、このお礼は必ずするね。一生恩に着る。っていうか何でこんな親切にしてくれるの？」

ルイと一緒にいられると知り、また目が潤んでくる。今夜は涙腺が崩壊している。

「はは。謝るのはこっちのほうだから気にしないで。ごめんね、ちょっと下心がある」

ルイに言いづらそうに告げられ、瑠奈もどきりとした。

やはり、何かしらの対価を要求されるのだろうか。ただほど怖いものはないというし、この世界で王家に逆らってまで瑠奈を助けようとするくらいだ。どんな要求をされるのかと瑠奈は硬くなった。

(自分で言うのも何だけど、顔はそんなに悪くないのに小さい頃からぜんぜんモテないし、色気が皆無と同期にもよく言われた。性的要求はありえないな。ルイはモテるし、相手に困ってない。それじゃどんなことを⁉)

ドキドキして身構えていると、ルイがにこっと笑う。

「あのさ、聖女ちゃん。提案なんだけど、国外追放されたことだし、隣国のシュミット国へ行かない？」

枝を火に放り投げ、ルイが言う。

「シュミット……国？」

授業で習った近隣国の地図を思い返し、瑠奈はルイの整った顔を見つめた。火に照らされてルイの顔がよく見える。このバルハラッド王国はシュミット国とガザリ国、エンタメッド国と隣接している。シュミット国は先ほどの魔獣の森の向こう側にある国だ。

「実は俺、シュミット国からこの国の内情を調べるために来てたんだ。うちの国とバルハラッドはあまり仲が良くなくてね。最近不穏な動きが多いからちょっと探りに」

「スパイぃ！」

思わず瑠奈は突っ込みを入れてしまった。

「だから魔法使えたんだ？　ホントは有能なんだね？」

瑠奈は思い出して身を乗り出した。ルイのことは女好きの軽い男と思っていたが、間諜《かんちょう》だとしたら納得いく。いろんな女性に声をかけていたのは、情報を得るためだったのか。

「まぁ、ちょっと器用って感じ？　それでどうかな？　聖女ちゃん、うちの国に来ない？　あ、別に魔力は使えなくてもいいよ。この国に比べたらうちはゆるい雰囲気だし。住むとこくらい俺が用意できるから。能力なくても聖女ちゃんを国へ連れて帰れたら、俺の株が上がるんだ。ごめんねー最初から下心ありで近づいてた」

軽い雰囲気でルイに誘われ、瑠奈はうずうずした。ルイがそんなつもりで近づいていたなんて知らなかったが、不思議とそれほど怒りは湧かなかった。むしろこの嫌な思いをさせられた国から救い出してくれる恩人だ。

「よろしくお願いします！」

瑠奈は三つ指ついて声を張り上げた。ルイがびっくりして身を引く。

すぐには自分の世界に戻れそうもないし、国外追放の罪を着せられたのだから他国へ行くしかない。右も左も分からないこの世界で、ルイの誘いは咽から手が出るほど有り難かった。

「じゃ、決まりね。俺に任せて」

明るくウインクされて一抹《いちまつ》の不安は感じたが、瑠奈は少しだけ前向きな気分になって頷いた。

川の傍で身を寄せ合い、瑠奈たちは一晩を明かした。ルイは火を絶やさないようにずっと起きていたらしい。瑠奈は一緒に起きているつもりだったが、疲労感がひどくてルイにもたれかかって寝てしまった。

朝が来て、目覚めた瑠奈は、沈痛な面持ちのルイと対面した。

「聖女ちゃん、何で怪我してたの教えてくれなかったの？」

ルイはつらそうな顔で瑠奈の頬に冷えたハンカチを押しつける。寝ているところを起こすのが申し訳なくてルイは冷えたハンカチを持って待機していたそうだ。怪我と言われ、頬に当てられたハンカチに「ああ！」と記憶が蘇った。近衛騎士に殴られたのをすっかり忘れていた。命の危機に瀕すると、顔を殴られたくらいの出来事は頭から抜け落ちる。

「えっ、腫れてる？」

ルイのつらそうな顔に瑠奈も気になってきた。ルイ曰く、日が昇って初めて瑠奈の頬が腫れているのに気づいたらしい。焚き木の明かりではよく見えなかったのだろう。鏡があれば確認するが、確かに触ると痛い。壁に叩きつけられたところも痛む。

「近衛騎士がやらしいことしようとしたから、拒否ったんだぁ。そしたら殴られたの。あっ、でも何もされてないから！」

近衛騎士に不埒《ふらち》な真似をされたと思われたらたまらないので、瑠奈は強く否定した。

「よく無事だったね？　殺されてもおかしくなかったのに」

顔を顰めてルイに言われ、瑠奈も首をかしげた。

「それが、ちょっと腹が立って言い返したら、近衛騎士が痛みに呻きだして。単なる偶然だと思うけど、それを利用して逃げられたよ」

男のルイに股間が痛いと近衛騎士が騒ぎだした話は言いづらかったので、言葉を濁して伝えた。

「そうなんだ……。やっぱり聖女ちゃんは聖女様なんじゃない？　天罰が下ったってことでしょ？」

「偶然だって」

ルイの言い分には頷けなくて、瑠奈は手をぶんぶん振った。そもそも本当に聖女だったら、とっくに治癒魔法が使えたはずだ。

「はっ、ていうか私臭くない!?　ヤバっ、ちょっと離れて！」

怒涛《どとう》の出来事から一夜明け、頭も回ってきた。よくよく考えてみたら、数日牢に入れられ、全身汚れている。昨夜は密着して馬に乗っていたのだ。羞恥心《しゅうちしん》に身悶えた。

「ちょ、ちょっと顔洗ってきていいかな」

近くに川が流れているのを思い出し、瑠奈は腰を上げた。変な体勢で寝ていたから、体中がぎしぎし言っている。ルイは「目の届くとこにいてね」と言い、火の始末をしている。

明るくなった周囲を見回すと、瑠奈は冷たい川に手を入れ、川の流れに沿って白樺《しらかば》風の木が生えている。川辺は砂利が多く、瑠奈は冷たい川に手を入れ、腫れた顔を洗った。白い聖女服は泥だらけだ。ルイの貸してくれたマントのおかげで昨夜は寒くなかったが、代わりにルイは寒さを感じたかもしれない。

身体を洗いたいところだったが、川の水は冷たく、朝の冷えた空気の中で水浴びしたら風邪を引きそうだった。濡らしたハンカチで身体をサッと拭き、ルイのところに戻った。

「このマント、ありがとう」

着ていたマントを返そうとすると、ルイが止める。

「そのまま着てて。聖女ちゃんの黒髪は目立つから」

ルイはシャツ一枚に革のベストだけで寒いはずなのに、瑠奈を気遣ってか、きっちり紐まで締めてくる。ルイは「出発しよう」と瑠奈を馬に乗せた。

再び馬に乗り、川の下流に向かって走らせた。ルイの話では、船を使ってシュミット国へ行くそうだ。王家の馬は期待に応えるように軽やかに駆けた。再び日が暮れる頃には、港町に辿り着いた。

「うわぁ……」

瑠奈は珍しさにきょろきょろしつつ、港近くの街並みを眺めた。ルイに言われてフードを深く被っている。

漁港近くは市場が並び、酒場や宿屋、武器屋や道具屋が点在している。ゲームの中に入り込んだような風景に心が躍《おど》った。港に船が泊まっているせいか、荒くれ男が街を闊歩《かっぽ》している。ルイは馬の手綱を引きながら、はぐれないようにと瑠奈の手を握った。

「ここでちょっと待ってて。船に乗れるかどうか、聞いてくる。その辺に隠れてて」

ルイは船が停泊している桟橋近くの路地で立ち止まると、瑠奈を路地裏の物陰に押し込み、馬を引いてどこかへ消えた。瑠奈は建物の陰にしゃがみ込み、人の目に留まらないように身を潜めた。

「二人目の聖女が現れたらしいぞ」

通りを行く男たちの声が突如はっきり聞こえてきて、瑠奈はぎくりとした。

「へぇー。そんなの初めてじゃねぇか？　この国も潤うのかね。聖女召喚したわりに、特に恩恵はなかったみてぇだけど」

「よく分かんねぇけど、二人目の聖女は公爵令嬢らしい」

ざわざわとした声に紛れて男たちが遠ざかり、瑠奈はふうと息をこぼした。どうやら聖女を国外追放した話はまだこの漁港までは届いていないようだ。

「お待たせ。明日の船に乗れる」

三十分ほどしてルイだけが戻ってきた。馬の姿が消えている。

「あの子は申し訳ないけど、換金させてもらった。けっこういい値がついたから、今夜は宿を取ろう」

ルイは上機嫌で瑠奈の手を握る。王家の馬を売り飛ばすなんて、ルイは大胆だ。ここまで乗せてくれた馬に感謝の気持ちを言いたかったが、仕方ない。

ルイは勝手知ったる様子で港町を歩き、明かりが灯ったばかりの酒場に瑠奈を連れていった。

「部屋を借りたいんだけど」

ルイは酒場に入ると、カウンター内にいた女将《おかみ》に交渉している。ますますゲームっぽくて心が浮き立った。酒場にはまだ客が少なく、席は三分の一ほどしか埋まっていない。

「一部屋、三十フランだよ。食事つきだと五十フラン」

女将が鍵を取り出す。ルイは女将と交渉し、袋から金を取り出して鍵を受け取る。ルイは鍵を指に引っかけ、瑠奈の手を取って奥にある階段へ誘った。一階が酒場で、二階が宿屋なのだろう。きしむ階段を上がり、ルイは手前の部屋のドアに鍵を差し込んだ。

「今夜はここに泊まろう。俺はちょっと着替えを用意するよ。女将に湯をもらうよう頼んでおくね」

ルイはてきぱきと動き、さっさと部屋を出ていってしまった。ルイが有能すぎて、やることがない。瑠奈は部屋に一人きりになり、大きく息をこぼした。宿屋はシングルベッドが一つと棚が一つあるだけの簡素な部屋だ。

小さな窓があったので、瑠奈はそこからそっと街を見下ろした。外はすっかり暗くなっているが、街の明かりのおかげか、寂しい感じはない。通りを行く男たちの仕事を終えた解放感にあふれる声や、明らかに水商売風の女性が勧誘する姿、働く子どもたちの姿も見える。ぼうっと眺めていると、ノックの音がした。

「は、はい！」

急いでドアを開けに行くと、先ほどの女将が桶《おけ》にたっぷり入った湯と布を持ってきてくれた。

「ありがとうございます」

お礼を言って受け取り、瑠奈はドアを閉めて早速服を脱いだ。湯が温かいうちに身体を綺麗にしたかった。ルイが戻る前にと、湯に浸した布で身体を拭いていく。髪も洗い、気持ちもすっきりした。川で多少汚れは落としたものの、やはり湯を使うとさっぱり度が違う。

綺麗になった身体に汚れた衣服を着るのは気が進まなかったが、替えの服がないので仕方ない。一息ついていると、ノックの音がした。ルイの声がする。

「おかえり」

瑠奈は嬉々としてドアを開けた。ルイは紙袋を抱えていて、中に入ると、瑠奈にそれを押しつけてきた。

「適当に服を買ってきたから着てみて。その格好じゃ目立つから」

町娘風の洋服を買ってきてくれていて、瑠奈は嬉しさで手を叩いた。ルイは外に出ているというので、早速着替えをする。麻のシャツに赤いスカートという組み合わせで、残念ながら下着は入っていなかった。さすがにルイに下着を買ってきてとは頼めなくて、瑠奈は我慢することにした。紙袋には髪を隠すような布が入っている。

「お待たせ」

瑠奈がドアを開けると、ルイが頭のてっぺんからつま先まで確認してウインクする。

「うん、可愛いね。俺の見立て通り」

ルイは嬉しそうに親指を立てる。サイズなど知らないはずなのに、どうしてぴったりの服を買えたのか疑問だ。これは相当遊んでいるのでは？

「これの使い方が分からないんだけど」

紙袋に入っていた布を差し出すと、ルイが布を手に取って、瑠奈の髪に触れる。

「ちょっと乾かすね」

ルイが何か呟くと、ふわっと頭に風が起こり、一瞬にして濡れた髪が乾いた。

「すごっ」

びっくりして自分の髪を触る。ドライヤーいらずではないか。

「風魔法はそよ風程度しか使えないけど。髪や身体を乾かすのに便利だろ？」

ルイはそう言って布を瑠奈の髪に被せた。器用に布を巻きつけ、瑠奈の髪を隠す。元いた世界で中東の女性がよく頭に巻き付けているスカーフのようだ。

「これでいい。国を出るまで髪色は誰にも見せないで」

ルイは満足げに言い、瑠奈の頭を撫でる。

（この人絶対たらしだわ。女性の扱いに慣れすぎてる）

ルイの優しげな態度に勘違いするのはやめようと心に刻み、瑠奈は後頭部を手で探った。鏡がないので自分がどんな感じかまったく分からないのが難点だ。そもそも化粧もしてないし、肌はぼろぼろだし、頬は腫れて内出血だろうし、女性としては終わっている気がする。

「夕食を持ってきたよ」

ドアを足で蹴る音と共に、女将の声が聞こえてくる。ルイがドアを開けに行き、二人分の夕食を中に運んだ。パンとトマト煮込みの皿がテーブルに並べられる。トマト煮込みは湯気が立っていて、食欲をそそられた。

「お肉が入っている！　美味しい！」

早速テーブルについて夕食を嗜《たしな》むと、瑠奈は感激して声を上げた。

「庶民の食事のほうが美味しいじゃん！　こんな美味しいご飯、ここに来て初めてだよ！」

瑠奈がすごい勢いで食べ始めると、ルイが呆れたように首をかしげる。

「王城で何を食わされてたの？」

「かったいパンと具なしのスープ。パーティーでも結局何も食べられなかったし」

悲惨な食事生活を思い浮かべ、瑠奈はしみじみと言った。パンはふつうに噛めるし、トマト煮込みに肉も野菜も入っている。こんな食事は久しぶりだ。

「奴隷並みの待遇だったわけか。いくら能力が発現しなくても、そこまでするかなぁ……」

ルイは納得いかない様子で呟いている。

「別にいいのよ、それは。だって私働いてなかったからね。働かざる者は食うべからずってよく祖母にも言われてたし」

パンに齧りつきながら瑠奈は笑った。

「聖女ちゃんはたくましいね」

ルイは目を細めて瑠奈を見つめる。小さな子を見るような優しい目つきに居心地が悪くなる。瑠奈は咳払いして、スプーンを空の皿に入れた。

「そろそろ聖女ちゃんはやめてもらっていい？　私の名は香椎瑠奈。瑠奈でいいよ」

ずっと聖女ちゃん呼ばわりをされて、気になっていた。聖女としての能力もなかったことだし、自分本来の名前で呼ばれたい。

「ルナ……って呼んでいいの？　そこまで俺に気を許して大丈夫？」

珍しくルイが戸惑ったように口ごもる。

「私は一般人だし、私の世界じゃふつうに瑠奈って呼ばれてたから。まぁ、香椎呼びでもいいけど」

慣れない呼び方問題に瑠奈が譲歩すると、ルイが前髪を掻き上げて小さく笑った。

「それじゃルナって呼ぶよ。——あと」

ルイがすっと立ち上がり、瑠奈の前に回り込んできた。ルイは貴族がやるみたいに優雅に一礼して、片方の膝をつく。

「改めて挨拶するね。俺の本当の名前はルイモンド・デ・フィルランド。尊き聖女様に拝《はい》謁《えつ》させていただき光栄の極みです」

ルイが凛とした態度で名前を名乗る。急に雰囲気を変えてくるのでびっくりした。それまで気さくな兄ちゃん風だったのに、貴族みたいな空気を出してくる。

（いやっ、マジ貴族じゃん！）

この世界では苗字があるのは貴族だけだ。貴族が厩番をするなんてありえないことだが。

（ま、てよ……。歴史の授業で習ったような名前が……）

デ・フィルランドという名に引っかかりを感じ、瑠奈は固まった。確かシュミット国の王族がそのような名だった……。

「王子様⁉」

瑠奈が焦って椅子から落ちそうになると、ルイが慌てたように支えてくる。力強い腕で腰を抱かれ、瑠奈はあんぐりとした。

「あ、硬くならないでいいよ。俺、第三王子だから。王位継承とは無縁の放蕩《ほうとう》息子って言われてるし」

瑠奈を椅子に座り直させ、ルイがにこにこして向かいの椅子に戻った。瑠奈は呆然《ぼうぜん》としたままルイを凝視した。隣国の王子様は厩番もできるのか。確かにゆるい空気だ。

「王子……か」

王子に対するトラウマが過《よぎ》り、瑠奈はうなだれた。ルイはいい人だと分かっているが、この国の王族に痛い目に遭わされたので、急に心配になった。隣国に逃げても同じような目に遭ったらどうしよう。

「うわー。そういう顔しそうだからホントは言いたくなかったんだよねー。ルナちゃんのことはしっかり面倒見るし、嫌な目には遭わせないって誓うから！　俺としては、あんな性格の悪い王子と比べられたくないってのが本音。何なら古神獣に誓ってもいいよ」

古神獣と言われ、瑠奈は顔を上げた。

シュミット国は神獣と聖獣に守られた国だと習った。王国の設立に神獣が関わっているらしく、神よりも神獣を祀《まつ》っている。どんな神獣がいるかくわしく教則本には載っていなかったので、興味はある。瑠奈が過去に開発したゲームでも神獣ものは人気だ。

「そこまでしなくていいよ。ルイのことは信頼している」

心配そうなルイに苦笑し、瑠奈は気を取り直した。

「でもこれから行く国についてはいろいろ教えてほしいかな。しきたりとか常識とか、私にはぜんぜん分かんないからさ」

瑠奈がきりっと顔を引き締めて言うと、ルイは快く頷き、食べながら国のことを話してくれた。これから向かうシュミット国はこの国と同じく王制だけれど、国の指針となっているのは古《いにしえ》より存在する『古神獣』だ。何でも千年生きている長老的な神獣が四体いるらしく、大きな政《まつりごと》や戦争などには『古神獣』の許可がいる。今回ルイがひそかにこの国へ間諜としてやってきたのも、『古神獣』の指示があったせいらしい。

「すごいねー。会ってみたいなぁ。キャラ萌えできそう」

ルイから話を聞くだけでもわくわくする『古神獣』には、瑠奈もぜひ会ってみたい。

「国へ帰ったら会わせるよ。城にいる古神獣様は基本的に寝ているから、起きるかどうか分からない。あまり期待しないでね」

ルイ曰く、四体のうち一体は城に常駐しているのだが、『古神獣』はほぼ寝ている状態で、必要な時だけ目覚めてお付きの者にお告げをするそうだ。未来を見通せる力がある伝説級の存在だという。

国の話をしているうちに夜が更《ふ》け、そろそろ寝ようという話になった。

「俺は床で寝るから、ルナちゃんはベッドで寝ていいよ」

ルイは食器を片す際に下から毛布を借りてきて、当然のように言った。

「いやいや、ルイ、昨日火の番をして寝てないでしょ？　ベッドで寝てよ。狭くていいなら、私一緒でもいいし」

瑠奈も疲労を感じているが、それ以上にルイは疲れているはずだ。そもそも宿代も食事も服も全部ルイの支払いなのだ。これ以上は申し訳なくて瑠奈は必死に言い返した。

「えっ。やー、ルナちゃん。一応俺、大人の男なんだけど？」

強気な瑠奈の口調に対し、ルイは何故か照れている。やはり男女二人がベッドで寝るのは、この国でもまずいのか。

「私なんかにそんな気起きないでしょ？」

馬車の中で近衛騎士に襲われかけた記憶は生々しいが、ルイからは自分に対するそういう気持ちをまったく感じられない。ルイはイケメンだし、相手に困っていないのだろう。それに王子様なのだから、瑠奈ごときとは釣り合わない。

「成人前の子に手を出すほど己を見失ってはいないけど」

ルイにさらりと言われ、瑠奈は固まった。この国では十七歳で成人だ。まさか、自分はそんなに若く見られていたのか。

「いや……あの、私……二十三歳」

年齢をごまかしたことはないが、何だか騙《だま》していた気分になり、瑠奈は顔を引き攣らせて答えた。

「え、えーっ、えっ？　ごめん、俺、十六歳くらいかと思ってた！」

ルイがびっくりして声を上げる。どうりでいつもちゃんづけされていたわけだ。無性に恥ずかしくなり、額を押さえた。確かにいろいろ発育が足りてないのは自覚している。

「あ、そうだった……んだ。ヤバい、俺これまで失礼な態度とってなかった？　ずっと子どもに対する態度で接してた。ルナちゃ……、ルナって、すごい若く見える。いや、むしろよかったよ。王家の人たちもルナが成人前だと思ってたから、婚約させてたんだから。成人済みだったら、きっと即結婚させられてたと思う」

「え」

自分の知らないところで起きていたことに瑠奈は青ざめた。瑠奈は知らなかったが、ともかく聖女とは『王子と婚姻して子どもを作る』というのが国の方針で、瑠奈が幼く見えたから婚約止まりになっていたそうだ。危なかった。日本人は幼く見えるというが本当だった。この国の人たちはヨーロッパ系の大人びた外見が多いので、瑠奈は子どもっぽく見えたのだろう。

「何だ、じゃあ俺より一つ上ってことか。……いや、それじゃますます一緒のベッドはまずい」

ルイの態度が気のせいか、少しぎくしゃくしている。

「疲れてるし、平気だよ。大丈夫、内緒にしておくから」

瑠奈としては絶対にルイを床で寝かせる不義理は果たせない。強引にルイの背中を押し、ベッドへ連れていった。

「襲わないから安心して」

渋るルイをベッドに寝かせると、瑠奈はあくびをしてその横に滑り込んだ。うだうだしてしまったが、ルイも瑠奈もかなり疲れていた。横になって、わずかに会話した後、お互いにすーっと眠りに引きずり込まれたのだった。

多少硬くてもやはりベッドで寝るのは、回復が大きかった。

朝日で目覚めた時には、疲れがかなり取れて、気力も浮上していた。ルイは熟睡していて、寝顔をじっくり見ることができる。何度見ても整った綺麗な顔立ちだ。これで王子というのだから、シュミット国の王族は美形が多いのかもしれない。

瑠奈はそっとベッドから起き上がり、残っていた水で顔を洗った。何だか頬の腫れがほぼ引いているようだ。寝ている間にスカーフが崩れたので、自分で手直しして部屋を出る。

階段を下りると、一階の厨房で女将が朝食を用意していた。シチューのいい匂いがする。

「おはよう。起きたのなら朝食を持っていきな」

瑠奈の姿を見て、女将が声をかける。

「美味しそうな匂い。昨日のご飯も最高に美味かったです！」

瑠奈は笑顔で大きな木のトレイに二人分のパンとシチューの入った皿を載せる。

「そうかい。口に合ったようで何よりさ」

笑いながら女将がぶるりと震える。今朝はひどく冷えていて、瑠奈も気になっていた。

夏だというのに朝からすごく寒い。

「外を見てごらんよ。季節外れの雪が舞ってるよ。何か悪いことが起きなきゃいいけどね」

女将に言われて窓を開けると、本当に雪がちらついている。夏に雪が降るなんて瑠奈の世界じゃニュースになる出来事だ。

（雪が降っても船は出るよね？）

少し心配になりつつ二階に朝食を運ぶと、ベッドで頭を抱えていたルイがいた。

「おはよ……。俺、昨日は何もしてないよね？　何かしてたら責任とるけど」

ルイは一緒に寝てしまったのが不本意らしく、心配そうに聞いてくる。もしかすると最初に寝るふりだけして、すぐにベッドから出るつもりだったのかもしれない。疲れもあって、横になったらぐっすり寝てしまったのだろう。

「何もないって。心配無用」

瑠奈が朝食をテーブルに置くと、やっと安心したようにルイが起きてきた。

朝食を食べながら、船の時刻と、航路について聞かされた。雪が降っていると聞きルイもびっくりしていたが、雪でも出港は可能だと言われたので安心した。この漁港から出る船だと、シュミット国まで二日ほどかかるらしい。荷物を積む船に便乗して乗せてもらうので、待遇はかなり悪いのを覚悟してほしいと言われた。大きな船ではないから、個室もないし、船にはベッドもない。話を聞いているだけだと密入国するみたいだが、この国ではそれがふつうらしい。金持ちになると個室もある客船を使うそうだ。

「あと、ルナは当初の予定だと、この国から離れたくないと言ってたよね？　今さらだけど、大丈夫？」

ルイに改めて聞かれ、瑠奈も苦笑した。

「事情が変わったから、いいよ。今や犯罪者になっちゃったし、国を離れるのはいいんだ。ただ、自分が持ってた荷物を奪われたままなのが……」

城で奪われた荷物の中にはスマホやタブレットがある。それを返してほしいところだけれど、彼らには通じないだろう。

「俺が聞いた話では、黒い石板？　が研究者たちの間で不可思議なものだって」

「はいはい。どうせもう充電も切れてるし、指紋認証とパスワードがかかってるから開けるのは無理だと思う」

瑠奈は肩をすくめて笑った。

「しもん……？」

ルイには指紋認証が分からなかったのか、けげんそうに聞き返す。

「人間の指のここには指紋っていってね、一人一人違う情報を持ってるの。それを使わないと、起動しない仕掛けになってるから、奪われても平気なんだ」

瑠奈が手のひらを広げて、指先の渦《うず》を示すと、ルイが感心したように目を見開いた。

「へぇ……ここに？　そういえば特別な契約書では血判をすることがある」

自分の指を見返して、ルイが頷く。

「荷物のことは残念だけど、今は私もこの国から離れたい。落ち着いたら、何か取り返す策を考えるよ。それに……大神官もまだ目覚めてないしね」

ふうと瑠奈は肩を落とした。瑠奈をこの国へ呼び出した大神官は未だ目覚めないままだ。大神官さえ目覚めてくれたら瑠奈の待遇も違ったのかもしれないが、今はあの嫌なミカエル王子と結婚しないですんでよかったと思っている。

「そっか。分かった、瑠奈がいいなら行こう」

ルイがすっと手を差し出して微笑む。瑠奈も大きく頷いてその手を握った。がっちりと握手してこの国と決別し、隣国への旅路へ向かう。

瑠奈にとって、新しい旅路がいいものであることを願わずにはいられなかった。

4　宰相の憂鬱

バルハラッド王国は聖女によって栄えてきた国だ。

モーリアス侯爵は十年ほど前からこの国の宰相を任されている。宰相として自分の家庭よりも王家第一で仕えてきたし、現国王であるウイリアム・デ・ギズタリアは厳しい性格ながら、王としての資質に恵まれている、主として仕えるのに遜色ない人物だ。

モーリアス侯爵は現在四十二歳。伯爵家の出の妻と娘が二人、息子が一人いる。後継者である息子には家門の仕事を任せている。長女はすでに侯爵家に嫁がせ、末の娘はまだ成人前だが婚約者もいるし、今のところ問題はない。

宰相という仕事は重責も多く、心労も大きい。それでも国王と共に国の舵取《かじ》りを続け、それなりに上手くやってきたと思う。とはいえ、気がかりな点も多かった。この国では近年、農産物の収穫量が減っている。度重なる自然災害で飢饉も起きた。収入より支出が増えている状態で、国政会議でも憂《うれ》い事として議題に上っていた。

「聖女を召喚しませんか？」

最初にそう切り出したのは、ワイアット公爵だった。この国では百年に一度聖女を召喚できる。聖女は我々の知らぬ世界からやってきて、最先端の知識をもたらす。過去の文献から、聖女には不可思議な力があるといわれている。

「そうですな、この状況を打破するには聖女召喚がよいでしょう。前回の聖女召喚をした時から百年経っているのです。現在の大神官なら、可能ではないですか」

他の貴族も同調し、聖女召喚という気運が高まった。すでにこの話題は去年から民の間でも広まっていた。現在神殿を仕切っているのは大神官、フェルメールだ。フェルメール大神官は強い神聖力と魔力を持っている。聖女召喚をこなすには大きな力が必要で、それをやり遂げられるのはフェルメール大神官しかありえない。

「聖女召喚か……」

まっさきにそれを肯定すべきである陛下は、何故か聖女召喚に乗り気ではなかった。その理由をモーリアス侯爵は知っている。

聖女はこの国に来たら、王族の者と婚姻をする決まりになっている。

現在、第一王子のミカエル・デ・ギズタリアには婚約者がいない。実は五歳の頃に婚約を交わした相手がいるのだが、七年ほど前に破談になった。理由はミカエル王子の暴力行為によるものだった。ミカエル王子は感情を抑えられない性格をしていて、メイドや侍女、近侍にも時々いわれのない暴力を振るっている。自分が父親の次に権力を持っていることを鼻にかけ、やりたい放題なのだ。

陛下はミカエル王子の人となりを憂慮《ゆうりょ》して、王太子の座を与えていない。ミカエル王子はそれが不満らしく、時々陛下と衝突しているのを見かける。次の国王に迎えるにはミカエル王子は性格に問題がある。モーリアス侯爵としては、多少頼りない面はあるが、第二王子のほうがマシではないかとさえ思っている。

陛下が聖女召喚に二の足を踏む理由は、聖女と第一王子の婚姻を危惧《きぐ》しているのだ。ミカエル王子の性格の悪さが聖女に被害を及ぼした場合、神がどのような采配《さいはい》を国に及ぼすか不安なのだろう。

「陛下、ご決断を」

臣下たちはこぞって聖女召喚を願った。陛下は苦渋の決断を迫られ、聖女召喚を決めた。

一月後《ひとつき》、大神官の力で、異世界から聖女が召喚された。

召喚された聖女は幼い顔立ちで男装姿だった。女性なのにズボンを穿き、冒険者のように背中に荷物を背負っていた。

聖女が召喚されて、それを見届けた貴族たちはこれで国が栄えると喜んだ。だが、やってきた聖女は歴代の聖女とは少し違った。新しい知識を持っているにも関わらず、それを我々に与えようとはしなかった。しかも魔法も使えない、いわゆる無能聖女だ。

「どうなっているのだ！　あやつは何もできないではないか！」

聖女の無能ぶりに一番激怒していたのはミカエル王子だった。最初の対面から聖女を見下していて、およそ好意的とは言い難い態度だった。幾度となく陛下に叱られても、ミカエル王子の好みではないというだけで、聖女は貶められた。

「陛下、聖女様をどうなさいますか？」

神殿の水晶で聖女の魔力がほぼないと分かった後、モーリアス侯爵は陛下に今後の方針を仰いだ。治癒魔法を期待していただけに、魔力のない聖女の扱いに困り果てていた。聖女の治癒魔法は、主に王家の人間や王家が許可した貴族にだけ与えられる。治癒魔法だけでも聖女は王家にとって重要な役目を負っているのだ。けれどそれが使えないとなると、聖女の価値はおおいに下がる。

「第一王子との仲はどうなのか」

執務室で仕事をしながら陛下が顔を顰めて聞く。

「良いとは言えません」

モーリアス侯爵はありのままに語った。ミカエル王子は聖女とお茶の時間を持つこともなく、公爵家の令嬢や伯爵家の令嬢と出歩いている。最初のお披露目の際に、聖女がミカエル王子との婚約を嫌がったのが尾を引いていた。女性から断られた経験のないミカエル王子のプライドをいたく傷つけてしまったのだ。

「離宮に移動させせよ。ミカエルとなるべく会わせるな」

陛下にそう指示され、モーリアス侯爵は「心得ました」と頷いた。無能聖女とはいえ、どんな力を隠し持っているかわからないので、不穏な状況は避けたいのだろう。

「聖女様は神殿に移りたいと申されております。それに外出もなさりたいと」

モーリアス侯爵の申し出に陛下は即座に首を横に振った。

「聖女を神殿の所有物にされてはならぬ。外出もしかり。外の世界を知れば、欲が湧くだろう。聖女には限られたものしか与えるな」

陛下の方針は手堅いものだった。聖女という存在は扱い次第では爆弾にも宝石にもなるものだ。治癒魔法が使えなくても、陛下は聖女を王城から出す気はない。生かさず、殺さず、何かの時のために飼い慣らしておきたいのだ。

執務室を後にして、モーリアス侯爵は聖女召喚に意欲的ではなかった陛下の懸念が現実となったと思った。聖女とミカエル王子を引き離しておくのは、現状を引き延ばすだけの消極的な策だ。

（聖女という名の厄介者だな）

モーリアス侯爵は侍女長を呼び、聖女を離宮に移動させるよう指示した。この時、モーリアス侯爵は聖女に対する扱いについて注意を加えなかった。聖女というだけで礼儀正しく接するものだという固定観念があったせいだ。だが、ここで齟齬《そご》が生じた。侍女長のアマンダは聖女を離宮に移動しろと言われ、「ああ、無能聖女だから、追いやられるのだ」

と勘違いした。だから、侍女長は聖女を使用人が使う部屋に追いやった。一応ミュウという侍女を残したのは、侍女長なりの情けだった。

侍女長の扱いは、他の侍女やメイド、使用人にまで行き渡った。

こうして、聖女は王宮中に無能聖女というレッテルを張られ、蔑まれるようになったのだ。

崩壊は少しずつ始まっていた。

第一王子の誕生パーティーで、それは目に見えた形で現れた。モーリアス侯爵はパーティーに参加したものの、最初の挨拶だけをすませて会場を後にした。陛下も同じように最初の三十分だけ歓談を楽しみ、私室に戻った。

翌朝、執務室で顔を会わせた陛下は、気になった様子で尋ねてきた。

「昨夜、聖女の頬が腫れていたのは何故か」

陛下に聞かれた時、モーリアス侯爵はすぐに答えられなかった。聖女に注意を払っていなかったので、聖女の頬が腫れていたのを知らなかった。

「すぐに聞いてまいりましょう」

モーリアス侯爵は部屋を出て、宰相補佐をしている青年に聖女の件を訪ねた。

「第一王子が殴ったところを見ておりました。聖女様が一人で会場にお入りになったため、第一王子はパートナーなしで入られたのが不満だったようです」

宰相補佐は会場入りが早かったのもあって、一部始終を目撃していた。大の大人が幼い女性を、しかも聖女を殴ったと知り、モーリアス侯爵は愕然《がくぜん》とした。そこまでひどい真似をする男とは思っていなかった。宰相補佐の話によると、聖女はすぐにホールを出ていったそうだ。

「陛下、聖女様の件ですが……」

モーリアス侯爵は執務室に戻り、宰相補佐から聞いた話を伝えた。陛下の顔が曇り、しばらく考え込んでいる。まるでそれを見越したように、激しいノックの音が響いた。

部屋に入ってきたのは、書簡を持ってきた近衛騎士だった。近衛騎士から書簡を受け取り、陛下は一瞥《いちべつ》して「恐れていたことが……」と呻き声を上げた。

「いかがなさいましたか」

モーリアス侯爵が陛下に尋ねると、無言で書簡を差し出してくる。書簡には、第一王子の直轄領で豪雨が起こり、川が氾濫したと書かれている。幸い死者は出なかったものの、建物の多くが水で流され、復興に時間がかかるとある。

「これは……っ」

悪い知らせにモーリアス侯爵は陛下と顔を見合わせた。陛下の危惧するところは、これがミカエル王子の直轄領ということだ。昨日の天気は晴れで、王都は穏やかな夜だった。ミカエル王子の直轄領が王都から離れているとはいえ、近隣の土地からは災害の知らせは何も来ていない。

「陛下は聖女様のお力と思っておられますか？」

モーリアス侯爵は怯えて聞いた。もしそうなら、最悪の事態だ。聖女は聖女としての力は使えないが、その扱いを損ねると天の罰が下ることになる。

「歴代の聖女も身の危険が及んだ際は、神の力が加わったとされている。その可能性は高いだろう。――ミカエルを呼べ」

陛下の重々しい声に、モーリアス侯爵は顔を引き締めた。すぐさまミカエル王子が執務室に呼ばれた。ミカエル王子は自分が何故呼ばれたのか分からないようで、へらへらして陛下の前にやってきた。昨夜は多くの貴族に祝われたのもあり、有頂天《うちょうてん》になっている。

「ミカエルよ、聖女を殴ったというのは本当か」

陛下は手を組み、静かに問うた。

「聖女？　ああ、俺に生意気な態度を取ったので、少し躾けてやっただけですよ」

ミカエル王子は事の重大さに気づかず、笑っている。陛下のこめかみがぴくりと動き、ガンという派手な音を立てて机を叩いた。ミカエル王子がびくっとして後ろへ下がる。

「聖女には決して手を出すな。その身を傷つけるような真似は一切許さぬ」

恐ろしい威圧を持って陛下が告げ、ミカエル王子は震えて中腰になった。

「で、でもあいつは俺を……っ」

「口答えは許さぬ。いいか、ミカエル。聖女を王妃にするならお前は次期国王だが、聖女を妻にできぬなら、その座は第二王子へ委ねられる」

厳しい声音で陛下が言い、ミカエル王子の顔がみるみるうちに歪《ゆが》んだ。自分が当然次期国王と思い込んでいたのだろう。

「そんな……っ、あいつは無能じゃないですか！　あんな使えない女がそれほど重要ですか⁉」

ミカエル王子が納得いかない様子で叫びだす。

「これは国のしきたりだ。分かったな」

有無を言わさぬ口調で陛下が顎をしゃくった。ミカエル王子は不満げな様子で執務室を出ていった。これで少しはおとなしくなってくれたらいいのだが……。

一抹の不安を覚えつつ、モーリアス侯爵はミカエル王子が開け放したドアを静かに閉めた。

その後に起きた展開は信じられないものだった。シュトランゼ公爵家の令嬢エリーゼが、聖女の力に目覚めたというのだ。にわかには信じ難い話だが、謁見の間に現れた公爵令嬢は、目の前で治癒魔法を披露した。治癒魔法が使えるのは聖女だけといわれている。これを以《も》って陛下は公爵令嬢を聖女と認定した。

「父上！　聖女と結婚すれば俺を王太子にしてくれるのですよね！　俺は、エリーゼと結婚します！」

謁見の間を出た後、嬉々としてミカエル王子が陛下に言いだしてきた。

「お前は何を言っているのか」

廊下で不躾な話をしたせいで、陛下は機嫌が悪くなっている。後ろに控えていたモーリアス侯爵も、ミカエル王子の馬鹿さ加減にうんざりしていた。

「そう言ったじゃないですか！　あの時はあいつしか聖女はいなかったけど、今はエリーゼも聖女なんですよ？　だったらエリーゼでもいいじゃないですか！」

ミカエル王子にいけしゃあしゃあと言われ、陛下は呆れたように額を押さえた。

「お前は聖女と婚約している。それ相応の理由がなければ、婚約破棄は認めぬ」

陛下のそっけない声にミカエル王子は怯《ひる》むかと思ったが、悔しそうに爪をガリガリ噛み、

「婚約破棄か……」と呟き去っていった。何でも自分の思い通りになると思っている子ど

もだ。どうしてミカエル王子があんなふうに育ったのか疑問だ。やはり王妃の寵愛《ちょうあい》を受け、側近が甘やかしすぎたせいか。

「ミカエル王子が心配ですな……。馬鹿なことをしでかさねばよいのですが。それにシュトランゼ公爵令嬢の名前を呼び捨てにしておりました。もしかするとすでに二人はそういう仲なのかもしれません」

モーリアス侯爵は不安になって、去っていくミカエル王子の後ろ姿を見送った。

「仮にも公爵令嬢だ。社交界に出られぬような醜聞は犯さぬだろう。それより第二王子を執務室へ呼ぶように」

力のない声で陛下が指示する。

陛下が執務室に着く頃には、近侍に呼ばれて第二王子が待ち構えていた。第二王子はアンドリューという名前で、おとなしそうな顔立ちをした十八歳の青年だ。昔からミカエル王子に手ひどい扱いを受けたせいか、少し消極的な性格をしている。自分が目立つと兄であるミカエル王子の機嫌が悪くなるので、わざとそうしているのかもしれない。

「お呼びでしょうか、父上」

アンドリュー王子は陛下の前で一礼する。

「先ほど見た通り、二人目の聖女が現れた」

机で書類仕事をしていた陛下が手を止め、アンドリューを見つめる。

「しきたりにより、聖女は王家の者と婚姻する義務がある。よって、お前にもその可能性が出てきた」

重々しい口調の陛下に、アンドリューは眉根を寄せ、キッと眦《まなじり》を上げた。

「お言葉ですが、父上。僕の婚約者はリリアーヌ令嬢です。彼女以外との婚約は考えておりません」

珍しくきっぱりとアンドリューが言い、モーリアス侯爵はおやと目を丸くした。国王の前で堂々と述べる姿に、陛下の面影を感じたのだ。

「リリアーヌ令嬢のことは分かっておる。側室として迎えればよいだろう」

平然と陛下に返され、アンドリュー王子は目を伏せた。その顔には明らかな不満があった。

「僕は……僕はリリアーヌに対してそのような不実な真似はしたくありません。これまで僕を支えてきてくれたのはリリアーヌです。そのリリアーヌを側室になど……」

アンドリュー王子はまだ若いのか、拳を握り、悔しそうに吐き出す。

「アンドリュー、次期国王になる者は、聖女を王妃にした者だ」

陛下が低い声で呟き、ハッとしてアンドリュー王子が顔を上げる。

「ミカエル王子は今の聖女と婚約破棄して、エリーゼ公爵令嬢と結婚したいと言っている。だが、私が聖女と認めるのは召喚された聖女だけだ」

陛下の言葉はアンドリュー王子の顔色を変えた。先ほど謁見の間で陛下は公爵令嬢を聖女と認定したが、次期国王になるには異世界から来た聖女と婚姻しろと述べている。陛下は公爵令嬢を疑っているのだ。

「し、しかし……」

アンドリュー王子は冷や汗を流して、床を見つめている。アンドリュー王子にも分かったのだろう。陛下は第一王子ではなく、第二王子に国王の座を譲りたがっているのが。アンドリュー王子はその肩に重荷が乗ったようにしばらく唇を噛んでいた。

一国の王となる者は、個人の感情をすべて捨て去らねばならないと陛下は小さい頃から王子に教えてきた。第一王子はそれをろくに聞いていなかったが、第二王子はしっかりとその教えを理解した。だからこそ、アンドリュー王子は国王の座を望まず、甘んじてミカエル王子の後ろに控えていたのかもしれない。

「アンドリュー王子、僭越《せんえつ》ながら私からも申し上げます」

苦しそうなアンドリュー王子に、モーリアス侯爵も言葉を添えた。

「この国がどういう舵取りをするのかは、すべて国王次第です。我ら臣下は、尊敬できる主に仕えたいと思っております」

モーリアス侯爵は言外に、ミカエル王子では不安だと伝えた。アンドリュー王子はそれを理解し、ふうと大きく息を吐き出した。

モーリアス侯爵は仕事を始めた。

陛下はそれを許した。静かに去っていく第二王子が決意を固めるのを信じ、

アンドリュー王子は胸に手を当て、一礼して踵《きびす》を返した。

「少し考えさせて下さい」

公爵令嬢が聖女と認定された話は瞬く間に広まった。お触れなどは出していないのだが、シュトランゼ公爵がパーティーで大々的に発表したようだ。バルザという神官長がエリーゼ公爵令嬢の後見としてその地位を高めている。

月が変わり、陛下は東ディモールへ視察に向かうことになった。陛下の直轄領であり、ここ数年仕事が忙しくて直接赴くことができなかった場所だ。二人目の聖女が現れて騒がしい中、陛下は視察に行くのを最後まで迷っていた。国王が城に不在の場合、その権限は次期国王代理に任される。陛下が東ディモールに赴いている間、王都で何か起こったらミカエル王子が采配することになるのだ。

「なるべく短期間で戻るようにしよう」

視察に行かないわけにもいかず、陛下は最短距離で移動を行うよう付き添う第一騎士団

に命じた。視察にかかる期間は往路を含めて二週間。三日だけ滞在して城に戻る手配をした。

「留守を頼んだぞ」

陛下にそう言われ、モーリアス侯爵は「最善を尽くします」と答えた。

陛下と第一騎士団が王城を発ち、二日が経った日。執務室にいたモーリアス侯爵の元に、近衛騎士が駆け込んできた。

「宰相！　聖女様が公爵令嬢に毒を盛ったと騒ぎが！」

近衛騎士の第一声にモーリアス侯爵は青ざめて椅子から立ち上がった。くわしく話を聞くと、公爵令嬢が聖女をお茶会に呼び、そこで毒を飲んで倒れたそうだ。公爵令嬢は命に別状はないが、毒を飲んでぐったりしているという。

「その場にいた者と話したい」

モーリアス侯爵は頭を抱えつつ、別室に事件の際に居合わせた者を呼び出した。侍女二名と侍女長が一名。侍女二名はシュトランゼ公爵家から来た者だ。

「聖女様がお茶に毒を仕込んだというのは本当か」

モーリアス侯爵が三名に問うと、侍女長のアマンダがすっと前に出てきて目を光らせた。

「その通りです。あの無能聖女は事もあろうにエリーゼ様のお茶に毒を入れたのです。私たちが目撃者ですわ」

侍女長の発言に、後ろの二名の侍女は無言でうつむいている。とても真実を伝えているとは思えなかった。

「お前たちはそれを見ていながら、止めなかったというのか？」

モーリアス侯爵が眉を顰めて聞くと、どきりとしたように三名が固まる。

「止める間もなくエリーゼ様がお茶を飲んでしまわれたのです！」

嘘《うそ》を取り繕うように侍女長が声を張り上げる。

「お茶を淹れたのは聖女様か？」

ため息交じりにモーリアス侯爵が問うと、侍女長が鼻をつんと上げる。

「そうです。聖女がお茶を淹れると言いだしたのですわ。きっと毒を盛るつもりだったのでしょう。私たちは無能聖女の奸計《かんけい》を見抜けず、エリーゼ様に申し訳ないことを……」

「後ろの二名も同じ意見か？」

侍女長ばかりがしゃべるこの状況に苛立ち、モーリアス侯爵は後ろでうつむいている二名に声をかけた。二名はちらちらと顔を見合わせ、頷いた。

「偽証罪は罪に問われると知っているな？」

モーリアス侯爵は厳しい声音で目の前の侍女たちに確認した。侍女長は平然としていたが、後ろの二名は青ざめて震えている。

「もういい、行きなさい」

侍女長はともかく、後ろの二名の侍女は問い詰めれば白状しそうだった。モーリアス侯爵は軽く手を振り、彼女らを空いている部屋に待機させるよう手配した。近くにいる近衛騎士が、一礼してモーリアス侯爵に近づいてくる。

「聖女様は地下牢に閉じ込めました」

公爵令嬢が血を吐いて倒れた後、近くにいた近衛騎士が聖女を捕まえ、地下牢に入れたという。

「仮にも聖女様だ。くれぐれも扱いには気をつけろ」

モーリアス侯爵は念のためにと申しつけた。聖女の身に危険が及んだら、何が起こるか分からない。ありえないと思うが、悲観して自殺でも図ったら大変だ。近衛騎士は「心得ております」と敬礼した。

侍女たちと入れ替わりに、今度はミカエル王子がやってきた。

「宰相！　聖女の奴がエリーゼに毒を盛ったというではないか！　俺はそんな犯罪者と婚姻するのはごめんだ！　これで婚約破棄をさせてくれるだろうな⁉」

笑いをこらえるような顔で駆け込んできたミカエル王子に、モーリアス侯爵は大きなため息をこぼした。この王子は、自分が何を言っているかちっとも理解していない。

「そのようですね。陛下から、何か起きた際には婚約破棄してもよいと言われております。執務室へどうぞ」

モーリアス侯爵はミカエル王子を連れて執務室へ戻った。執務室の陛下の机の引き出しを開け、婚約破棄の書状を取り出す。陛下の印は押されている。

「こちらにサインを」

モーリアス侯爵は書状を手渡し、ミカエル王子に羽根ペンとインクを渡した。ミカエル王子は嬉々として書状に自分の名前をサインする。

「聖女様のサインをもらえれば、婚約破棄が成立します」

モーリアス侯爵が教えると、ミカエル王子は書状を掴み、「ではすぐにもらってこよう！」と執務室を飛び出していった。

(はぁ……愚かなことだ。これで自分が次期国王になる道は途絶えたというのに……)

陛下からはあらかじめ、留守中にミカエル王子が騒ぎを起こした際には、逆らわずに求めるままにするよう言われていた。アンドリュー王子を次期国王にするためには、ミカエル王子と聖女の婚約破棄が必要だ。

今回の毒騒ぎ、明らかにミカエル王子とエリーゼ公爵令嬢の企みだろう。聖女には悪いが、婚約破棄が成り立つまで牢に閉じ込めておくしかない。明日にでも再び侍女を問い詰め、真実を吐かせて聖女を牢から出してやろう。

モーリアス侯爵は少し思い違いをしていた。

婚約破棄が成り立てば、ミカエル王子も公爵令嬢も納得しておとなしくしているだろうと思ったことだ。

まさか彼らが聖女を勝手に国外追放しようとするなんて――。

そして無能と呼ばれた聖女の力が、バルハラッド王国に暗雲をもたらすとは、まだこの時、モーリアス侯爵は知る由もなかった。


季節外れの雪が降りだした。

夏真っ盛りだったはずのバルハラッド王国は、天変地異の前触れかと騒ぎになった。朝からモーリアス侯爵は慌ただしく仕事をしていて、午後になって近衛騎士から聖女の連絡を受けた。

「宰相様、聖女様が牢から逃げ出したようです」

困惑した様子の近衛騎士から報告を受け、モーリアス侯爵は目の前が暗くなった。

「どういうことだ！　牢の責任者を呼べ！　聖女様の捜索もすぐに行うように！」

これから侍女の取り調べを行おうとしていただけに、モーリアス侯爵はわなわなと震えた。ミカエル王子と公爵令嬢が何かしたのだろうか？　昨日ミカエル王子が婚約破棄の書状に聖女がサインしたと持ってきた時は、ふつうに見えた。裏でそんな大胆な真似をしていたのだろうか？

近衛騎士長が急遽《きゅうきょ》呼び出され、モーリアス侯爵の前に跪いた。

「申し上げます。聖女様ですが、ミカエル王子の命令があり、国外追放させたとのことです」

近衛騎士長の発言は、モーリアス侯爵に眩暈を起こさせた。

「どういうことだ！　そんな命令はしていない！」

モーリアス侯爵が机を激しく叩いて怒鳴ると、近衛騎士長が深く頭を下げる。

「申し訳ありません。私も知らない話でした。昨夜、ミカエル王子から二名の近衛騎士が呼びつけられ、聖女様を国境付近にある魔獣の森へ連れていき殺すよう命じられたそうです。表向きは国外追放とするよう言われたと明かしました」

モーリアス侯爵はくらくらして、机に肘《ひじ》をついた。

「……殺したのか？」

聖女を殺したとなれば、どんな災いが襲いかかるか分からない。絶望的な思いに駆られ、モーリアス侯爵は近衛騎士長を見据えた。

「いえ、それが聖女様に手を出そうとした近衛騎士が、その……急所に痛みを感じ、恐ろしくなって魔獣の森へ聖女様を置いて逃げたそうです。聖女様を連れていった近衛騎士は二名とも謹慎処分にしております」

殺してはいないと知り、モーリアス侯爵はぎりぎり罪を免《まぬが》れたと安堵の息を吐き出した。

「今すぐミカエル王子に会う」

モーリアス侯爵は重く感じる腰を上げ、執務室を出た。ミカエル王子を探していると、公爵令嬢と中庭でお茶会をしているという。今日は朝から季節外れの雪が舞い散っていた。寒さを感じつつ急いで中庭に行き、モーリアス侯爵はミカエル王子と公爵令嬢がお茶会をしている席へ駆けつけた。二人は珍しい雪景色に浮かれてお茶を飲んでいた。

「王子！　何ということをなさったのですか！」

モーリアス侯爵はのんきに笑っているミカエル王子を目にして、つい怒鳴りつけてしまった。ミカエル王子はびっくりした顔になり、持っていた茶器を置く。

「どうしたのだ、宰相。聖女のことか？　あいつは俺の可愛いエリーゼに毒を盛ったのだ。国外追放が妥当だろう。いや、処刑せずに国外追放にした俺の慈悲に感謝しているところだな」

傲慢な態度でミカエル王子は言い募る。

「公爵令嬢、毒を食らったわりにはお元気そうですな」

ミカエル王子に寄り添ってお茶を飲んでいる公爵令嬢にも腹が立ち、モーリアス侯爵は嫌味をこぼした。

「お忘れですの？　私は聖女ですのよ。毒くらい治療できますわ」

公爵令嬢は誇らしげに胸を張る。鎖骨《さこつ》に輝くネックレスは血の色のように赤く輝く宝石だった。

「聖女様は国の宝ですぞ、勝手な真似は困ります！」

イライラしてモーリアス侯爵が抗議すると、ミカエル王子が顔を歪めてテーブルを拳で叩いた。傍にいた侍女がびくっと身を震わせる。

「先ほどから何の真似だ、宰相。父上がいない間は俺が国王の権限を持っているのだ。お前など、降格させてもいいのだぞ？」

苛立たしげにミカエル王子に睨まれ、モーリアス侯爵はぐっと怒りを呑み込んだ。陛下がどこまで考えて留守の間の権限を任せたか分からないが、モーリアス侯爵の中でミカエル王子への決別は固まった。この先、ミカエル王子がこの国の王とならないために、全力を以って阻止する。

「……大変、失礼いたしました」

言いたいことを我慢して、モーリアス侯爵はミカエル王子と公爵令嬢に背を向けた。

朝、窓の外に雪がちらついている時から嫌な予感はしていたが、これが聖女への仕打ちのせいだとしたら、この先にどんな未来が待っているか恐ろしくて考えたくない。

「近衛騎士長、すぐに魔獣の森へ聖女様を探しに行くように。傷一つつけずに連れ戻してくれ」

モーリアス侯爵は王宮の廊下で近衛騎士長を見つけ、捜索隊の依頼をした。その一方で、視察に赴いている陛下へ手紙をしたためた。

ミカエル王子の暴走と公爵令嬢の虚偽、聖女が魔獣の森へ捨てられたことと朝から異常な雪が降り始めていることを書き記した。

「これを陛下へ。急いでくれ」

宰相補佐に手紙を預け、モーリアス侯爵は王城を出ていく近衛騎士団が聖女を見つけてくれるようひたすら祈った。

陛下が視察に出てから二週間後、第一騎士団と共に陛下が帰還した。

その顔は重苦しく、そして疲れていた。陛下の元には宰相からの手紙が届き、陛下は視察を途中でやめて帰還した。だが、十日間降り続けた雪によって馬の進みは遅くなり、結局予定通りの日数をかけて城へ戻ってきた。

そう、あの日からずっとバルハラッド王国には雪が降り続いている。辺り一面は雪景色になり、建物や木々はすべて雪に覆われた。最初は面白がっていた国民も、この異常気象に騒ぎになっている。農作物は凍結し、寒さで薪や魔石の需要が高まり、価格変動が起きていた。降りやまない雪に道路は凍り、川や湖も結氷した。

「陛下！　お戻りをお待ちしておりました」

モーリアス侯爵は王宮へ戻ってきた陛下の前に跪いた。

「この度は私の力が及ばず申し訳ありません。どのような罰も受ける所存です」

頭《こうべ》を垂れるモーリアス侯爵に、陛下は眉根を寄せた。

「立て。そなたのせいではないと分かっておる」

苦渋に満ちた陛下の態度にモーリアス侯爵も沈痛な面持ちになった。陛下のいない間にミカエル王子が聖女と婚約破棄するまでは予定通りだった。その後は最悪の事態だ。もはやモーリアス侯爵も陛下も、現在の悪天候が聖女の呪いだと悟っている。

「エリーゼ公爵令嬢の事件においては、侍女を締め上げたところ、公爵令嬢に聖女様に罪を被せるよう命じられ逆らえなかったと自白しております。これによって聖女様の罪は冤罪となりましたが、公爵令嬢が自分は知らないことだと言い張っており、またシュトランゼ公爵家から抗議もあり、それ以上の処罰は与えておりません」

モーリアス侯爵は冷や汗を流しつつ、状況を説明した。陛下は乱暴な足取りで廊下を進んでいる。それに遅れないようにしながら、モーリアス侯爵は説明を続けた。

「ミカエル王子ですが、聖女様を国外追放した件については、毒を盛った聖女様が処刑されないよう国外追放にしたと言い張っております。そして聖女様ですが……」

言いづらそうにモーリアス侯爵が陛下を窺うと、そこで初めてその足が止まった。

「現在、見つかっておりません。魔獣の森に聖女様の死体はありませんでした。それと並行してですが、厩番をしていたルイという男もその日から行方が分からなくなっております。王家の馬を盗んだ罪で捜索を続けております」

聖女の行方を追ううちに、聖女と仲が良かったルイという男が浮上した。聖女が消えた時と同じくして姿が見えなくなったので、多分この男が聖女を助けたのだろう。

「厩番か……。魔獣の森で力のない女性が生き抜くのは不可能だ。その男、経歴は？」

陛下も厩番の男が気になったらしく、ゆっくりした歩調で歩きだす。

「厩番の募集をかけた際に応募してきた者です。地方出身ということでしたが、馬の扱いに慣れていたので雇ったようです。信頼できる貴族の紹介状を持っておりましたが、調べたところ偽書でした」

叱られるのを覚悟してモーリアス侯爵は明かした。

「何者か、調べろ」

「はい、すでに手は打っております」

厩番に不審な人物が雇われていた事実は、聖女の事件がなければ分からなかったことだ。もしかすると最初から聖女を狙《ねら》っていたのかもしれない。

「ミカエル王子と公爵令嬢はそれぞれ謹慎処分とするように。私の許可がない限り、部屋から出ることは許さん」

陛下がびしりと言い放ち、モーリアス侯爵は「了解しました」と頭を下げた。互いに証言のみなので、ミカエル王子と公爵令嬢を処罰することはできない。今は謹慎処分が妥当だろう。

「公爵令嬢は、この雪を止められないのか？」

廊下を歩いていた陛下が、窓の外を眺め、忌ま忌ましそうに言った。

「聞いてみましょう」

モーリアス侯爵は陛下の前を立ち去り、公爵令嬢のいる睡蓮宮へ赴いた。宰相補佐官と共に訪れると、睡蓮宮では騒ぎが起きていた。侍女たちは宮殿のあちこちに虫が入り込んでいると、悲鳴を上げている。公爵令嬢は侍女に腕を手当てされていた。何でも庭に出たら蜂《はち》に刺されたそうだ。

「何ですか、無礼な」

ずかずかと部屋に入ってきたモーリアス侯爵と宰相補佐官に、侍女長であるアマンダはムッとして部屋から追い出そうとした。

「エリーゼ・シュトランゼ公爵令嬢。あなたはしばらく謹慎処分となりました。陛下の許可がない限り、この部屋から出ないでいただきたい」

厳かにモーリアス侯爵が告げると、腕の痛みに文句を言っていた公爵令嬢の顔色が変わった。

「私が謹慎処分ですって？　先日の毒の件でしたら、私は何も知らないと言っているじゃありませんか。私は被害者ですのよ？　陛下に申し開きしたいわ！」

淑女らしからぬ乱暴な手つきでテーブルを叩き、公爵令嬢が眉を吊り上げる。

「陛下の下された処分です。同様に侍女長、あなたも部屋から出ないように」

モーリアス侯爵はつんとして立っている侍女長に命じた。侍女長は顔を歪め、「私が、何故！」と食ってかかってくる。

「あんな無能聖女がいなくなったところで、何も問題ないではないですか！」

侍女長がヒステリックな声で叫ぶ。モーリアス侯爵は反論するのも面倒になり、首を横に振った。

「あなた方は現在容疑者なのです。ご自分の立場をよく考えて行動なさるように。聖女様に罪を着せたことが証明されれば、それなりの罰が下されますので」

睨みつけてくる公爵令嬢と侍女長を尻目に、モーリアス侯爵はきっぱりと告げた。

「ときに、公爵令嬢。この雪を止められないのですか？」

不満たらたらの公爵令嬢に、モーリアス侯爵は尋ねた。

「私に天候を左右できるはずがないでしょう？　いくら聖女でもできることとできないことがございますわ！」

馬鹿にした言い方でそっぽを向かれ、モーリアス侯爵は厳しく公爵令嬢を見据えた。

「この季節外れの雪は、聖女様の怒りではないかと言われております。同じ聖女、無能聖女とあなた方が呼んでいた彼女にできたことなのに、聖女であるあなたはそれを止められないと申されるのですね」

自分勝手な言い分ばかり述べる公爵令嬢に嫌気が差し、モーリアス侯爵は薄笑いを浮かべて言った。とたんに公爵令嬢の頬に朱が差し、持っていた扇子をテーブルに叩きつける。

「私は聖女よ！　王族と同じ立場であるべきなの！　私が王妃になったら、お前は即刻解雇するわ！」

部屋中に響き渡る声で公爵令嬢が怒鳴り、モーリアス侯爵は優雅に一礼して部屋から出ていった。一緒に付き添っていた宰相補佐官が、恐ろしげに耳打ちしてくる。

「公爵令嬢は本当に聖女様なのでしょうか？　私の抱く聖女像とはかけ離れているのですが」

宰相補佐官がそう言うのも無理はない。モーリアス侯爵も同じ意見を抱いていた。

（だが、公爵令嬢が治癒魔法を使ったのは事実だ……）

心にもやもやしたものが残ったが、モーリアス侯爵はそれを頭から追いやった。この後はミカエル王子の元へ行かなければならない。きっと公爵令嬢と同じように、謹慎処分を不満として暴れることだろう。

気苦労が絶えなくて、モーリアス侯爵はため息ばかりが漏れていた。

■5　神獣の国

船旅は慣れない瑠奈にとってなかなか過酷だった。

何しろ船なんて観光船くらいしか乗ったことがない。長くて三十分程度。波の穏やかな日に、観光ルートという穏やかな流れのところを行き来するだけ。そんな船旅初心者の瑠奈にとって、積み荷を積んだぼろい船、荒波で揺れる船体、しかも大きな船倉に雑魚寝状態で押し込まれる苦痛——何度海に向かって吐いたか覚えていない。食欲もないし、見知らぬ人たちの中で眠れず、隣国シュミットの港に着いた時には、よれよれの状態だった。

「大丈夫？　ルナがあんなに船酔いするなんて知らなかった。これなら時間がかかっても馬で移動したほうがよかったかな？　でもそれだと国を出るまでに十日くらいかかっちゃうから」

動かない地面に辿り着いてぐったりしている瑠奈に、ルイはあれこれと気遣ってくれた。水を渡され、飲み干すと、少しだけ頭が冴《さ》えてくる。

「ごめん、ちょっとだけ休憩していい？　まだ平衡《へいこう》感覚がおかしくて」

自分がこれほど船に弱かったとは思わず、瑠奈は情けない気持ちでルイにしがみついた。

ルイはひょいと瑠奈を抱きかかえると、真っ白な顔を覗き込んできた。

「近くに馴染みの店があるから、休ませてもらおう」

安心するような笑みを浮かべてルイに言われ、ぐったりしていた瑠奈は頷いた。船酔いしていなければ人生初のお姫様抱っこにあたふたしていたところだ。

ルイは船着き場から港町へ歩きだした。ルイに身体を預けつつ、瑠奈はこれがシュミット国かと目を向けた。バルハラッド王国よりも素朴な感じで、船着き場の近くにはやたらと猫がいた。漁船の男たちが猫へ売り物にならない魚をあげている。船着き場の前には大きな倉庫が並んで、そこで魚の売り買いをしていた。

「おっ、ルイ。何だ、お前隅に置けないな」

ルイが瑠奈を抱えて歩いていると、知り合いらしき店の人たちが声をかけてくる。彼らは親しみを込めてルイに笑顔で接している。年配の女性や男たちは楽しげにルイを野次ってくるが、中には若い女性もいて、彼女たちは瑠奈を恐ろしい目で睨んでくる。

「ルイの正体は知らないの？」

国に帰れば王子であるルイは丁重な扱いを受けるかと思っていたので、瑠奈はこそこそと聞いた。

「俺のことは皆、貴族の放蕩息子と思ってるよ。しょっちゅう酒場に入り浸っていたからね。情報収集が俺の仕事だったから」

ルイが小声で教えてくる。身分を隠して平民と親しくしているルイは、スパイっぽくて何だか笑みがこぼれた。ルイは港町の一角にある開店前の酒場に入った。

「ジン、上の部屋を借りていいか?」

ルイは瑠奈を抱きかかえたまま、カウンターの中で仕込み作業をしている中年男性に声をかけた。頬に傷のある男で、ルイの腕にいる女性に目を丸くする。

「ああ。端の部屋を使ってくれ」

ジンは鍵を取り出し、ルイの手に放る。

「下りるよ、私」

ずっと自分を抱えているルイはさぞかし大変だろうと瑠奈が青い顔で言うと、ルイはそのまま階段を上っていく。

「軽いからぜんぜん平気。具合の悪い人は、黙っておとなしくしてる」

軽い口調で言われ、瑠奈もそれ以上言えなくて好意を受け入れた。二階の一番端にある部屋に鍵を差し込み、ルイは瑠奈を部屋に入れた。そっとベッドにゆっくり降ろされる。

「しばらくここで休んでて。まだ食欲ないよね? 夕食くらいまでに回復するといいんだけど」

ベッドに瑠奈を寝かせて、ルイが甲斐甲斐しく毛布をかけてくれる。清潔な匂いのするシーツや枕に感激して瑠奈は目を閉じた。

「ごめん、そうさせてもらう……」

船に乗っている二日の間、ろくに眠れなかったので急激に眠気が訪れた。髪を撫でる優しい手つきに促されるように、瑠奈は眠りについた。


目覚めると、頭がしゃっきりして身体も軽く感じた。船酔いがすっかりとれて、気分は爽快だ。腹の虫も鳴り、空腹に耐えられず部屋から出た。

すでに夜の時刻になっていて、酒場は賑わっていた。ルイの姿を探したが見つからず、部屋に戻ろうとした。すると、カウンターにいたジンが気づいて「こっち」と手招きする。

「腹が減っただろ？　ルイに頼まれてる。何か食わせてくれって」

ジンは瑠奈をカウンターの席に座らせ、赤い液体の入ったグラスを差し出した。ワインだろうかとおそるおそる飲むと、しそジュースみたいな味がする。ジンは奥から料理の載った皿を持ってきた。目の前に置かれたそれは、一見炒飯《チャーハン》に見える。食べていいと言うのでスプーンをもらって一口食す。

「めっちゃ、炒飯！」

馴染みのある味に感激して瑠奈は叫んだ。

「チャーハン？　ジャーハンって料理だよ」

ジンは不思議そうに首をひねる。料理名は少し違うが、これは間違いなく炒飯だ。肉や玉ねぎ、野菜を細かく刻んだものと米飯を炒め、卵と絡めた料理。

「米を久しぶりに食べたぁ！　やっぱ米だねっ。日本人のソウルフード」

瑠奈は美味さを噛みしめて炒飯をぱくついた。塩気もいい感じにあって、ぱらぱら具合もいい。米のありがたみを感じながら食べていると、ジンが笑った。

「ずいぶん庶民的な聖女様だな。想像と違う」

ジンににやりとされて、瑠奈は思わずむせそうになった。ルイが明かしたのだろうか。不安になってジンを仰ぐと、困ったように頭を掻く。

「すまん、自己紹介もまだだったな。俺はジン。ルイの部下みたいなものだ。あんたのことは聞いてるよ。育ちが悪いんで、礼儀がなってなくて悪いな」

ルイが事情を話したということは、ジンは信用できる人なのだろう。瑠奈も信じようと思い、スプーンを置いて頭を下げた。

「香椎瑠奈です。瑠奈でいいです。私こそ、ルイのおかげで助けられて……。ご飯、とっても美味しいです。ここって米飯文化があるんですね？」

この世界に連れてこられてからずっとパンばかり食べさせられたので、てっきり米は流通していないと思っていた。

「米は少し前まで家畜用の食糧だったんだが、炊いて食うと美味いってのが広がって、この国じゃ平民が食う安い飯だ。あ、ニーナ」

ジンが話の途中で酒場の入り口に目を向ける。入ってきたのは豊満な胸を持つ、赤茶色の髪を揺らした美人な女性だった。

「これ、頼まれてた服と下着」

ニーナという女性はジンの前で座っている瑠奈をちらりと見やり、持っていた袋を差し出す。

「この子に渡してくれ」

ジンが顎をしゃくる。ニーナはじろじろと瑠奈を見下ろし、持っていた袋を押しつけてきた。中を見ると替えの下着や服が入っている。ずっと同じ下着で気持ち悪かったので、瑠奈は感激してニーナの手を握った。

「ああ、ありがとうございますぅ！」

嬉しくてニーナの手をぎゅっと握ると、嫌そうに手を振りほどかれる。

「頼まれたから買ってきただけよ。こんな凹凸のない子用のとは思わなかったし。ていうか子どもじゃない。ルイがいい人連れてきたっていうから焦ったのに」

瑠奈の体型を眺め、ニーナが馬鹿にしたようにふっと笑う。また子どもと思われている。

確かにニーナのように思わず顔を埋めたくなる胸はしていないが……。

「ふん、拍子抜け」

ニーナはぷいっとそっぽを向き、さっさと酒場を去っていった。ジンが苦笑して煙草《タバコ》に火をつける。

「ルイはモテるんだよ。でも誰にもなびかない。皆、ルイの正体を知らないから」

ジンが煙草の煙をくゆらせる。ルイは王子である身分を隠して彼らと接している。王子である以上、その辺の女性と恋に落ちるのはまずいのだろう。

瑠奈は炒飯を食べ終えると、お礼を言って二階の部屋に戻った。一階から運んだ水桶で身体を少し拭いてニーナに渡された衣服に着替えると、気持ちもすっきりする。何より新しい下着に身も心も安心した。衣服は丈の長いチュニックみたいな服で、瑠奈の好きな青色の布地だった。それまで着ていた衣服を綺麗に畳んで荷物入れに入れる。髪を洗い終えたところでルイが戻ってきて、風魔法で水滴を払ってもらう。シュミット国に入ったので、髪を隠さなくてもいいと言われ、そのまま垂らした。

「ルナ、とりあえず俺の両親と会ってもらっていいかな?」

部屋に入ってきたルイは、居住まいを正して瑠奈に問うてきた。両親と会うなんてまるで結婚のお伺いみたいだと思いつつ、瑠奈は咳払いした。

「分かってる。聖女として呼ばれた以上、挨拶しなきゃだよね。私が聖女の能力ないって先に言っておいてね？　期待されると困るし」

　隣国に来たものの、ここで生活基盤を整えるなら、国王夫妻にあらかじめ挨拶をすべきだろう。国外追放されたから無関係と言いたいが、バルハラッド王国から何か言われるかもしれない。落ち着いて考えてみると、瑠奈が国外追放された際、国王は視察で不在だった。ずっと瑠奈を王城に閉じ込めていた国王が、瑠奈を国外追放するとは思えない。あれはミカエル王子の独断だったのではないか。

「その辺はちゃんと言っておくよ。それでここから王都まで馬で十日くらいかかるんだ。なるべく宿屋に泊まれるようにするね。明日は朝早くの出発になるから、今日はゆっくり休んで。顔色もよくなったみたいだし、よかった」

　ルイの手がぽんぽんと瑠奈の頭を撫でる。瑠奈が無言でじーっと見つめると、ハッとしてルイが手を引っ込める。

「ごめん、子ども扱いしているわけじゃないよ？　怪我も治って真っ白だった頬が赤く色づいて可愛いなって思っただけで」

　焦った様子でルイが言い訳する。

「うんうん、ルイが女性慣れしているのは分かってるから。港、港に女がいるってね……」

　ニーナのことを思い返し、瑠奈は目を細めた。

「いやいや、港、港に女なんかいないって。俺、軽く見えるけど、真面目な男だよ？」

ますます困ったそぶりでルイが言い募る。

「だから分かってますって」

「あーすごい誤解されてる気がするなー」

ルイと軽い言い合いを続け、気持ちも軽くなった。無能聖女が国に来て、ルイの両親は嫌じゃないだろうか。国外追放されたからしょうがないとはいえ、本当は身分を隠してひっそりとこの国の隅っこで生きているべきだったかも。

考えることは多くあったが、今はルイを信じて行動しようと思い、瑠奈は明日からの行程に備えて早めに休息をとった。


ルイが連れてきたのは脚の太いしっかりした体軀の黒馬だった。荷馬車を引くような馬らしく、ルイと瑠奈の二人と荷物を載せても平然としている。

ルイは昨日のうちに旅の用意をしていて、瑠奈のために厚手のマントを羽織らせ、食料と水を入れたリュックを背負った。

「また連絡する」

ルイはジンにそう言って、瑠奈を馬に乗せて出発した。ニーナには挨拶をしなくていいのかと思ったが、ルイにとってはよくあることなのか、ジンとの話題にも上らなかった。

朝から快晴で日差しが眩《まぶ》しいくらいだ。

「この国は霧《きり》が多いんだ。こんなに晴れた日は珍しいよ。ルナがこの国へ来てくれたからかもね」

ルイは陽気な口ぶりで言い、馬の腹を軽く蹴り、街道を走らせた。馬の揺れもあまり得意ではないが、船の揺れよりはマシだ。瑠奈は初めて訪れるシュミット国の風景を眺め、緑の多さに開放的な気分になった。

シュミット国はバルハラッド王国よりも自然豊かな印象だ。森も多いし、街道は石畳が敷かれていない。民家もこの辺りは木造か石や土を使った古い造りで、人々の服装も素朴なものだ。港町から夕暮れまで馬を走らせると、のどかな山村に辿り着いた。ルイはここで一泊すると言って、馬から下りた。

「あ、ルイ兄ちゃんだぁ！」

「ルイ兄ちゃん！　遊んでっ」

ルイが馬を引きながら村の中へ入ると、子どもたちがこぞって集まってきた。ルイはこの村でも人気なのか、子どもたちにまとわりつかれている。

「このお姉ちゃん誰？　ルイ兄ちゃんのいい人？」

子どもたちは瑠奈のことも気になるのか、好奇心を露わに寄ってくる。

「ルイ兄ちゃんが嫁を連れてきたぁ！」

ルイが何も答えないうちから、勝手に子どもたちが騒ぎ、走っていく。

「気にしないでね。こいつらからかってるだけだから」

ルイに耳打ちされ、瑠奈も分かっていると頷いた。ルイはこの村に一軒だけある宿屋へ行き、馴染みの女将に部屋を頼んでいる。この村は港町の近くだから、魚業関係の仕事をする人が多いのだろう。瑠奈が外で子どもたちと遊んでいると、村の前に寄り合い馬車が停まり、漁から戻ったらしき男たちがぞろぞろ降りてきた。瑠奈は家の近くでたむろしていた幼い子どもたちと石蹴りをして遊んでいた。子どもと遊ぶなんて久しぶりで、心が和む。荷物を置いてきたルイも一緒になり、小さな子どもを肩車して遊んであげている。

「あんたたち、ご飯よ！」

すっかり日が暮れると、家から子どもを呼ぶ母親の声がする。その声で多くの子どもたちが家に戻っていったが、一人だけ木の根元でうずくまっている男の子がいる。

「どうしたの？　家に戻らないの？」

瑠奈が声をかけると、五歳くらいの男の子が涙を浮かべて見上げてくる。

「この子、元気ないの」

男の子が手のひらに乗せていたのは、カブトムシだった。この世界にもカブトムシはいるんだなぁと思い、瑠奈はしゃがみ込んだ。

「そうかぁ。木の蜜とかあげた？　あんまり動かないね」

カブトムシは男の子の手のひらで弱々しい動きをしている。虫はあまり得意ではないが、カブトムシなら少しは触れる。小さい男の子がカブトムシを好きなのはどこの世界も共通だと思いながら、瑠奈は男の子の手に両手を重ねた。

「元気になぁれ、元気になぁれ」

最初、瑠奈は冗談めかして口にした。虫に元気がないから、子どもの気持ちを軽くするために言ったに過ぎない。だが、瑠奈がそう告げたとたん、ぴかっと手が光った。

「ひぃっ！」

びっくりして瑠奈は尻餅をついた。自分の手が光ったのだ。驚かないわけがない。しかも、その後起きた出来事は、瑠奈の想像を超えた。

『レベルが上がりました』

『聖女魔法レベル1　残り九十九匹』

目の前にずらずらとゲーム画面のような文字が浮かび上がり、すうっと消えていく。瑠奈は呆然として固まった。ぴこんぴこんと謎の電子音も聞こえるし、何よりも驚いたのは、子どもの手のひらにいたカブトムシが元気よく動きだしたことだ。

「わぁっ！　お姉ちゃん、ありがとう！　僕の虫さんが元気になった！」

子どもは無邪気に動き回るカブトムシに喜んでいる。

「ルナ、今光ったのって……」

近くにいたルイも驚愕《きょうがく》したそぶりで近づいてくる。

「わ……私……」

瑠奈は強張った顔つきでルイを振り返った。

「私、やっぱり聖女だったかも……」

ずっと自分には魔力などないし、聖女ではないと言い続けてきたが、ここにきて自分には未知の力があったことを瑠奈は知った。

まさかと思いつつ「す……ステータスオープン」と呟くと、目の前にすーっとゲーム画面のようなものが現れたのだ。瑠奈がよくやるアクション系のゲームで出てくるステータス画面だ。

『香椎瑠奈。職業、聖女。聖女魔法レベル1』

ステータス画面に書かれた自分の状況に瑠奈は眩暈を感じた。もしかするとこれまで唱えなかっただけで、実はこの画面は最初から閲覧可能だったかもしれない。ステータス画面を見ると瑠奈のレベルはかなり低い。体力のHPは20しかないし、魔力を示すMPは2だ。役職名は『成りたて聖女』。虫を百匹救うと次のレベルに行けるらしい。どうりで人間を治癒しようとしても何も起きないはずだ。虫から始めなければならなかったとは。

「って、分かるか！　そんなもん！」

地団太を踏んで悔しがり、瑠奈ははぁはぁと息を荒げた。ふつうこういうものはすぐさま治癒魔法が使えるものではないのだろうか？　何で虫から救わねばならないのか分からないが、そうならそうと教えてほしかった。これまでの無駄にした時間がもったいない。ゲーマーとして名を馳《は》せていただけに、もっと自分自身を探ろうとしなかった己に腹が立った。

「ルナ、さっきから何を見てるの？」

瑠奈が一人でうあーうあー言っているのを横で見ていたルイが、こわごわと尋ねてきた。

「これだよ、これ。見えないの？」

瑠奈がステータス画面を指さすと、ルイは無言で首を振る。どうやら他人には見えないようだ。瑠奈はふうと一呼吸して、自分の頬を手で覆った。

「あの……私、やっぱり聖女だったみたい」

恥ずかしくてくねくねしながら言うと、ルイが不思議そうに頷く。

「やっぱりっていうか、最初から聖女様だと思ってるよ？」

ルイは何を言っているのか分からないと言いたげだ。ルイは、無能なのに瑠奈が聖女だと確信していたのか。聖女らしい面など何一つ見せていなかったのに。

「そうなの？　魔力がないから、てっきり間違って召喚されたと思っててさ。それで、実は虫を百匹救わないと次のレベルに行けないみたい」

「さっき虫を元気にしたのは、ルナの力なんだ？　なるほど……少しずつ力が強くなっていく感じなのかな。そういうことなら王都に向かう途中で力を伸ばすといいんじゃない？」

ルイに提案され、瑠奈も頷いた。

「うん。何か目標ができて、気持ちも盛り上がってきた。虫はちょっと苦手だけど……がんばるよ！」

これまでうだうだしていたのもあって、瑠奈は声に力を込めた。ゲーマーとしてレベル上げは望むところだ。早速その辺に虫はいないかと思い暗がりの中探すが、とっぷりと日が暮れたせいか虫を見つけられない。

その日は素直に宿屋へ戻り、明日からの目標達成に思いを馳せた。


虫を百匹救うというミッションは、最初なかなか達成されなかった。元気な虫に魔法を使っても何も起こらない上にMPがなくなるという始末で、魔力が戻るまで何もできないというジレンマに陥った。弱っている虫を探すのは容易ではなく、無駄打ちの時間が続き、やきもきした。

それにしても治癒魔法をする際の呪文は教師に教えられたものではなかった。試しにヒールと言ってみたけれど、魔法は発動されなかった。むしろ「元気になれ」とか「がんばって」というよく使う言葉のほうが魔法は発動される。先代の聖女が英語を使う人だったのだろう。日本人である瑠奈には、いつも使う言葉のほうがしっくりくるみたいだ。

「よしっ、あとちょっと！」

魔力が十に達すると、虫がたくさんいそうな辺りに目掛けて治癒魔法を使った。そうすると一匹二匹は弱った虫がいて、上手い具合にヒットする。特に役立ったのが蟻《あり》の巣と蜘《く》蛛《も》がたくさんいた洞穴だ。ルイに頼んでもう一泊させてもらったので、子どもたちに虫がいそうな場所を教えてもらったのだが、小さな洞穴は虫の宝庫だった。おかげで九十匹まで虫を救うことができて、目標達成まであとわずかになった。

「うー。それにしても治療すると虫が寄ってくるのが嫌だなぁ」

魔力を使い果たして洞穴から出る際、瑠奈は付き添ってくれたルイの背中にしがみついて呟いた。洞穴は昼間でも真っ暗で、火のついた松明《たいまつ》を持ったルイがいないと怖くて一歩も歩けない。

「助けてくれたのが分かるんだろうね。慕ってるんじゃない？」

虫に怯える瑠奈にルイは笑いを抑えきれないようだ。先ほど元気にした蜘蛛がぞろぞろついてくるのが気になって仕方ない。

「うえーん。都会っ子だから虫は苦手なのよぅ」

瑠奈が虫の中で平気なのはカブトムシと蝶《ちょう》くらいだ。住んでいたアパートはやたらと蜘蛛がいるところでげんなりしていた。

「ところでそろそろ出発するけど大丈夫？」

ルイは太陽の位置を見て、振り返って聞く。予定より一泊多く泊まったので、ルイは先を急ぎたいのだろう。

「うん、あとは道々見つける」

魔力も使い果たしたので、しばらくやることがない。魔力は時間の経過と共に溜まる。この隙に移動しようと、瑠奈はルイと共に宿屋へ戻った。荷物を背負って宿屋の女将や村の人、子どもたちに挨拶して馬に乗って村を出る。

馬はしっかり休息をとったので、軽快な足取りで走っている。二時間ほど走ったところで川の近くで馬に水と草を与えるために休憩した。瑠奈は辺りを見回し、弱っている虫がいないか探した。

「ルナ、あれとかどう？」

ルイが樹液に群がる蛾《が》を指さす。たくさんの茶色い蛾が木々に止まっている。蝶は平気だが蛾は苦手な瑠奈は顔を引き攣らせた。

「ううっ、やってみる」

蛾は木にびっしりくっついている。

「げ……元気になれー」

両手を蛾のほうに向けて唱えてみたが、何も出てこない。魔力は少し回復しているはずだけれど、蛾に変化はない。——これまでやってきて分かったのだが、瑠奈の気持ちが伴わないと治癒魔法は発動しない。蛾に元気になってほしくない気持ちがあったと反省し、深呼吸してもう一度手を伸ばした。

「元気になってーっ」

今度は心から願いを込めて唱える。すると群がっていた蛾のうち、十匹ほどが急に木から離れ、すごい勢いで瑠奈の周りを飛び始めた。

「いやぁーっ！　こっち来ないでぇーっ」

蛾に懐かれて瑠奈は悲鳴を上げて逃げ出した。同時にぴこんという電子音が鳴り響く。

『レベルが上がりました』

『聖女魔法レベル2が解除されました』

目の前に画面が現れ、瑠奈は蛾の恐怖を忘れ、ガッツポーズをとった。だが、画面を見て、愕然とする。

「次は魚っ」

がくっと地面に手をついてバンバンと叩く。虫の次は魚を百匹救えと書いてある。やはり地道なレベル上げが必要らしい。これじゃ人間を助けるのははるか先だ。

「ルナ、大丈夫？」

瑠奈に群がる蛾を追い払い、ルイが手を差し出してくる。瑠奈は涙目でその手を取って立ち上がると、次のミッションを告げた。

「魚かぁ。それじゃルートとは違うけど、このまま川沿いに進んでいく？」

ルイは瑠奈ほどがっかりしていないようで、明るく提案してくる。

「うん……。はあ、道のりけわしっ」

落ち込んでばかりもいられないので、瑠奈も元気を取り戻すことにした。馬のいる場所へ戻ろうとすると、まだ蛾がついてくる。しかも足元を見れば蟻や蜘蛛がぞろぞろ列をなしてくるではないか。

「マジこわっ。ひぃっ」

明らかに瑠奈の後を追ってくる虫たちに、瑠奈は青ざめた。ふと周りを見るとカサカサという小さな葉を擦る音が辺りから集まってくる。

「……ルナ、あのね。ちょっと怖いことになってるかも」

横にいたルイがふいに瑠奈の肩を抱き、声を潜めてきた。ルイに言われるまでもなく瑠奈も気づいていた。周囲の木々にいたあらゆる虫たちが徐々に瑠奈の元へ集まってくる。瑠奈は悲鳴も出せずにガチガチに固まった。虫に取り殺されるのではないかという恐怖に冷や汗が腋《わき》を伝う。

「私、殺される？　パニック映画のように」

ルイにしがみついて震える声で言うと、うーんと頭を掻きながらルイが立ち止まった。

「虫たちはルナを慕ってるだけじゃないかな？　ためしに命令してみなよ」

ルイに促され、瑠奈は逃げたい気持ちを我慢してぞろぞろ追いかけてくる虫の集団を振り返った。悲鳴を上げたくなるほど背後が虫でいっぱいになっている。

「追いかけてこないで！　元居た場所に戻りなさい！」

やけくそで怒鳴ると虫の動きがぴたりと止まった。まるで虫たちは瑠奈の言葉を理解したみたいに、さーっと散り散りに去っていく。

「う、嘘……」

瑠奈はその場にぺたりと座り込み、自分の指示に従った虫たちを眺めた。

「やっぱり！　さっき虫を救うのは終わったって言ったよね？　虫がルナの配下になったんじゃないかな？」

ルイは興奮した様子で瑠奈に言う。レベルが達成されると、虫を従えることができるのか。何だかゲームっぽいと瑠奈は脱力した。

「ふぅ、よく分かんないけど、これを続けていけば私最強になれるかも」

冗談めかして言ったが、ルイは真顔で「そうだね」と頷いている。そこは笑ってほしかったと思いつつ、瑠奈は立ち上がった。

「このままいけばいずれ……」

ルイは消えていく虫たちの姿を見やり、何か呟いている。それが何か聞こうとする前に川の傍で待たせていた馬がこちらに向かって歩いてきた。

川の流れに逆らうように歩きだし、瑠奈は水面に魚がいないか目を凝らすのだった。


魚百匹の目標は思ったよりも早く達成された。翌日、河川港に寄った際、漁港で揚がった魚と遭遇したからだ。漁師たちには悪いと思いつつ、瑠奈は水揚げされた小魚に治癒魔法をかけた。それまで網におとなしくかかっていた小魚は、突然大きなジャンプを始めて網から飛び出した。

「うわぁ！　どうなってるんだ！」

漁師たちはたくさんの小魚が勢いよく飛び出し、泡を食っている。半数ほどは船から海に飛び込み逃げ延びた。

『レベルが上がりました』

『聖女魔法レベル３が解除されました』

おなじみの画面が出てきて、次は鳥を百羽救えとミッションが課せられる。

「あー魚は追ってこないから楽だわー」

水面近くにいると魚が群がってくるが、陸にいれば魚は追ってこられない。瑠奈は少し余裕が出てきて、瀕死の鳥がいないかと空を見上げた。

「ねぇ、ルイ。馬の乗り方教えて」

旅を続けていくうちに、魔力のＭＰは順調に上がっているものの体力のＨＰがまったく上がらないのが気になり、瑠奈はルイに頼んだ。一つの命を救うと魔力が一上がるので、今や魔力は二百に到達している。ゲーマーとしてはこの偏りをなくしたい。体力も上げて、オールラウンダーを目指したいところだ。

「いいよ。ルナが乗れるようになったら、もう一頭馬を調達できるし」

ルイは快く応じて、瑠奈に馬の乗り方を伝授してくれた。最初はおっかなびっくりで馬に乗っていた瑠奈だが、数日過ぎると一人で乗れるようになった。

次の街の宿屋に泊まった夜、ルイはどこからか細身の馬を調達してきた。繊細な感じの馬だったが、瑠奈にはすぐ懐き、乗せてくれた。

「あーなかなか鳥に会えないなぁ」

馬での移動を続けながら、瑠奈は鳥の姿を探すのに懸命だった。途中の村で鳥の売り買いをしている店があり、そこでけっこうな数の鳥を元気にしたのだが、なかなか野生の鳥と出会わない。遠くから鳴き声は聞こえるものの、治すには距離がありすぎる。

「鳥は難しいね。次の街で探そうよ」

ルイに慰められ、次の街での出会いを期待した。日暮れ時に着いた街は、夜でも明かりの灯る活気のある街だった。ルイ曰く、商業都市として名高い街なのだそうだ。

ルイが宿屋と交渉している間、瑠奈は何げなく宿屋の裏手を覗いた。裏庭では店員らしき男が、切り株の上で鶏《にわとり》の首に刃物を落としているところだった。

「うっ」

鶏の首から血が噴き出し、ばたついていた羽が徐々に動きを止めていくのが見える。牛や豚、鶏の肉を食べる自分が同情すべきではないのは分かっているが、目の前で死んでいく鶏を見ると、勝手に手が動いていた。

「生き返れ」

できるわけがないと心の隅で思いながらも、瑠奈はつい呟いた。すると、衝撃的な光景を目の当たりにした。離れたはずのとさかのついた鶏の頭が、磁石でくっつくように首に繋がったのだ。しかも鶏は急に目覚めたように、思いきり羽を動かし、男の手から逃れる。

「ひいいっ！」

切ったはずの首が繋がり、店の男が悲鳴を上げた。瑠奈も息を呑んで固まった。生き返った鶏は両羽を激しくばたつかせ、男の手から逃れて茂みに消えていく。

（う……嘘っ、い、生き返った！　そんなこともできるのっ⁉）

切断されたはずの首が再びくっつくなんて、奇跡というより恐怖映像だ。瑠奈は立っていられなくなり、その場にしゃがみ込んだ。

「誰か、誰か、来てくれ！」

店の男はパニックになって宿屋の裏口から店の中へ向かって叫んでいる。男は自分の見たものを必死に店の人に語っているが、「酔ってるのか？」と相手にされていない。

「おまたせ、二部屋取れたよ」

青ざめて膝を抱えていると、ルイが鍵を鳴らして近づいてきた。

「あ、ルイ……ッ」

サッと立ち上がり、瑠奈はルイに今の現象を話そうとした。だが、口が重くなり、言葉が出てこない。死んだ鶏も生き返らせることができるなんて聞かされたら、どうなるだろう？　瑠奈の力に怯えるかもしれないし、あるいは何かを期待するかもしれない。

（これ、言わないほうがいい）

とっさに瑠奈はそう判断した。聖女の力がどれほどのものか分からないが、過ぎたる力は争いの理由になる。

「どうしたの？」

ルイは気になったように瑠奈の顔を覗き込む。

「何でもない」

無理に笑顔を作り、瑠奈はルイの視線を避けるように前に出た。


首を切断された鶏が生き返った件は、瑠奈にとって衝撃的だった。それまで嬉々としてレベル上げに勤しんできたが、自分の力が想像以上に大きいことが重く伸し掛かっていた。

（よく考えたら、私この力をどうする気？　ゲーマー気質でついつい能力を高めようとしちゃってたけど、マジで聖女やるの？　それって……元の世界に帰れるの？）

考えれば考えるほど分からなくなり、気が重くなった。大神官が目覚めて、ほとぼりが冷めたらひそかにバルハラッド国へ戻って元居た世界に帰してもらうつもりだったが、それはあくまで瑠奈が聖女として役に立たないという前提があってだ。もし聖女であることがバルハラッド国に知られたら、元の世界へ帰してくれるだろうか？

「ルナ？」

悶々《もんもん》と考え込んでいると、馬に乗って移動していたルイが声をかけてきた。丘を二頭の馬で移動していたのだ。もうすぐ次の街に辿り着く。この辺りは街道も整備されていて、馬も歩きやすそうだった。

「あ、ごめん。何か言った？」

自分の考えに没頭していたのもあって、瑠奈は引き攣った顔を上げた。ルイは先ほどから話しかけていたらしく、ぎこちない瑠奈の様子に顔を曇らせる。

「……もしかして行くの嫌になった？　王都が近くなってから、ルナふさぎ込んでる」

ルイは瑠奈の態度がおかしいのを、王都に近づいたせいだと思ったようだ。

「あ、いや、そうじゃないよ」

蘇生の力についてはルイに話していないので、瑠奈は慌ててごまかした。ルイは気がかりな様子ながらも、瑠奈が否定するとそれ以上は追及してこなかった。

辿り着いた街は、製糸工場を多く抱えた縫製が特産品のところだ。服屋が軒を連ねていて、布や糸、縫製に関する雑貨もたくさん売っている。ルイは瑠奈をこの街で一番大きな屋敷へ連れていった。

「これは王子殿下、お久しぶりでございます」

ルイと一緒に屋敷の門を潜ると、身なりの立派な中年男性が出迎えた。建物も大きいし、通された玄関にはメイドや使用人がずらりと並んでいる。街の富豪といったところだろうか。ルイの正体も知っているらしく、丁重な態度で挨拶している。

「少し世話になるよ」

ルイは中年男性と握手して微笑む。ルイは瑠奈の背に手を当て、中年男性を紹介した。

「彼はミッドレー伯爵だ。ミッドレー伯爵、彼女は俺の大事な人でね。丁重に扱ってくれ」

ルイは瑠奈をミッドレー伯爵に紹介する。瑠奈が慌てて頭を下げると、ミッドレー伯爵は心得たそぶりで胸を叩いた。

「何と、王子殿下が女性をお連れとは。貴賓としてもてなしましょう」

ミッドレー伯爵は手を叩き、二人のメイドを呼びつけた。メイド服姿の二人の若い女性が、瑠奈に頭を下げる。

「この方のお世話を頼む。部屋は南端の貴賓室へお連れしろ」

ミッドレー伯爵の命令で、瑠奈はメイド二人に手を引かれ、階段を上がっていった。不安になってルイを振り返ると、大丈夫というように笑って手を振られた。

二階の南端にある豪勢な部屋へ通されると、瑠奈はメイド二人によって着ていたものを脱がされた。そこからはもうメイド二人のなすがままに湯浴みさせられ、全身のケアをされ、見たことのないシックな青いドレスを着せられ、髪を整えられた。

「お綺麗です」

メイド二人は瑠奈に化粧を施すと、満足げに褒めた。化粧のおかげで年相応に見え、青いドレスのおかげで育ちがよく見える。身なりを整えられた頃にはもうとっぷり日が暮れていて、これからミッドレー伯爵の夕食に招かれるという。

ノックの音がしてメイドが扉を開けると、そこには礼服を身にまとったルイがいた。さすがイケメン。上等な生地の服を着るだけで、どこからどう見ても王子にしか思えない。しかも髪も整えて、とても贔屓をしていた男と同一人物とは思えない。

「……」

ルイは瑠奈を見るなり、何故か固まった。翡翠色の瞳が、瑠奈を呆然と見つめている。ドレス姿の自分に困惑しているのだと瑠奈は真っ赤になった。

「やっぱり変？」

瑠奈が恥ずかしくなって逃げようとすると、とっさに手を摑んだルイに腕を搦《から》めとられた。

「ごめん、あまりに綺麗で言葉を失った」

珍しく照れたようにルイが口元を手で覆い、摑んでいた手を慌てて離す。

「――ルナ、すごく綺麗だね。惚《ほ》れ直したよ」

ルイはいつもの調子で瑠奈を褒める。本気で言われたのかと誤解するところだった。

「ありがとう。ルイこそ、すっごいかっこいいよ」

ルイの言葉を軽く受け流すと、にっこり笑って手を差し出される。

「お手をどうぞ」

エスコートをするルイに瑠奈も微笑んで手を重ねた。

階段を下りると、ミッドレー伯爵が玄関ホールで瑠奈たちを待ち構えていた。ミッドレー伯爵も礼装だ。

「ちょうど第一騎士団の精鋭が到着なさったようです」

ミッドレー伯爵が告げ、使用人が正面玄関の扉を開く。すると足音を響かせて、七名のマントをひらめかせた騎士姿の男たちが入ってきた。全員青地に黒のラインが入った騎士の制服を着て、帯剣している。先陣を切っていた青年はブルネットの髪色の精悍《せいかん》な顔立ちで、ルイと張るくらいのイケメンだった。瞳の色は蜂蜜色《はちみついろ》で、髪を後ろで一つに縛っている。シュミット国には黒髪も生まれるそうだ。高身長とがっしりした体躯は強そうなオーラを醸《かも》し出している。てっきり王子であるルイに挨拶に来たのだろうと思っていたので、騎士が瑠奈の前に跪いて、息を呑んだ。

「お初にお目にかかります。聖女様。私は第一騎士団団長、ケヴィン・ルイス・ドミトリーと申します。我ら七名、王都まで聖女様の護衛を仰せつかりました」

低い声でケヴィンが瑠奈に挨拶してくる。騎士団団長が自分の前に跪くという衝撃に、瑠奈は「ひぃ」と焦ってルイの背中に隠れた。

「どど、どーしたの？　何で跪く？」

護衛騎士なんて聞いていなかったので、瑠奈は焦って小声でルイを問い詰めた。

「陛下に知らせを送ったら、護衛騎士を送るって言われたんだよね。ほら、ルナの存在ってもはや国宝クラスだから。先に言うとルナが逃げ出すかもと思って内緒にしてた」

「先に言って！」

まさか騎士が来るとは思ってもいなかったので、汗がだらだら流れてくる。すると瑠奈の態度に歓迎されていないと思ったのか、ケヴィンが申し訳なさそうに眉を下げる。

「聖女様、何かお気に召さないことでもございましたでしょうか？　おっしゃっていただければ、善処します」

強そうなイケメンに気遣われて、瑠奈は焦って前に出た。

「いいいえっ、とんでもない！　守ってもらうほどの価値がないのでびっくりしただけで」

「何と、あなたの存在はこの国にとって至高でございます。我が命に代えましても、聖女様の御身はお守り抜く覚悟です」

悲鳴を上げそうな言葉を吐かれ、瑠奈はくらくらした。こういうのは漫画や小説で読むのがいいんであって、実際自分が言われると身の置き所がなくなる。またまたぁと笑い返したいところだが、少し話しただけでも瑠奈には分かる。このケヴィンという男、真面目で冗談が通用しないタイプだ。

「あ……ありがとう……ございます」

そう言うしかなくて、瑠奈は必死に言葉を絞り出した。ルイ曰く、ケヴィンは公爵家で、国で一番強い剣士という話だ。ドラゴンと戦ったこともあり、ドラゴンスレイヤーの称号も得ているらしい。

ばった。

「ケヴィン殿も一緒に夕餉《ゆうげ》をいかがですかな」

ミッドレー伯爵はケヴィンも夕食に誘い、残りの騎士たちは屋敷の周囲を見張りに散らばった。

食堂には見たことのない豪華な料理が並べられた。出されたワインはミッドレー伯爵が抱える葡萄園《ぶどうえん》の一級品で、テーブルマナーを習っておいてよかったと安堵する内容だった。

ミッドレー伯爵もケヴィンも瑠奈が聖女召喚で呼び出された聖女であることを知っていて、その力を信じて疑わないようだった。

「あの、私本当に無能聖女と呼ばれていたくらいで」

ナイフとフォークの音を極力立てないように気遣いつつ、瑠奈は必死に弁明した。食堂には長いテーブルがあり、当主であるミッドレー伯爵夫妻が中央に座り、その向かいをルイが、そして隣に瑠奈が座り、ケヴィンはルイの反対隣に座っている。

「期待されても困るというか、何の力もありませんから」

バルハラッド王国では無能とののしられてつらかったが、聖女と崇《あが》め奉《たてまつ》られるのもこれはこれで困りものだ。病気の人を治癒してくれと言われても困るので、瑠奈は褒め称えるミッドレー伯爵を否定した。

「ご謙遜《けんそん》を。バルハラッド王国では聖女様が去って以来、ずっと雪が降り続けております。あれは聖女様のお力でしょう。おかげで我が国はバルハラッド王国の心配をしないですむので助かっておりますよ」

ワイングラスをゆっくり回しながらミッドレー伯爵に言われ、瑠奈はぴたりと手を止めた。

「雪が……ずっと？」

船で国から出る際に珍しく雪が降っていると思っていたが、まだ降り続けているというのか。

「ええ。バルハラッド王国では大変な騒ぎだそうですよ。この様子では作物にも影響が出るでしょうな。隙あらば我が国に攻め入ろうとしていたので、いい気味だ。それに一週間前から、この国には珍しく霧がほとんど出ずに快晴続きです。これは聖女様が我が国にいらしたからではないですか？」

「いや、それは私の力じゃ……」

助けを請《こ》うようにルイに視線を向けると、「俺も聖女様の力に驚いている」と呟く。ルイも降り続く雪や霧が晴れたのは瑠奈の力だと思っているのか。

（私じゃないよね？　いや……違う、よね……？　雪が降れなんて願ってないし）

ドキドキしてきて瑠奈はワインを呷《あお》った。

「ところで古神獣様の様子はどうだ？」

話題を変えるようにルイがケヴィンに話を振った。

「今のところ眠っておられます。聖獣に関する捜索も続けておりますが、今のところ手掛かりはありません」

ケヴィンが静かに答える。瑠奈が話についていけずきょろきょろすると、ルイが口元をナプキンで拭いて瑠奈を見つめた。

「ちょうどいい機会だから、ルナにも聞いてほしい。実はこの国ではここ数年、聖獣が減っている」

ルイに明かされ、瑠奈は気を引き締めた。この国では聖獣がいて、共に暮らしていると聞いた。古神獣が神様クラスなら、聖獣は天使みたいなものか。

「聖獣を密猟する怪しい人たちを見たという報告も来ている。数名の密猟者を捕まえたが、彼らは金を積まれて聖獣をさらう依頼をされたと言っている。黒幕が誰かはまだ分かっていないが、捕らえた者の話で、バルハラッド王国の高位貴族ではないかという当たりをつけている」

ルイに説明され、ルイがひそかにバルハラッド王国に忍び込んでいた理由が判明した。密猟者の中には王族も含まれているに違いない。

「聖獣を捕まえてどうするの？」

瑠奈は恐ろしげに聞いた。聖獣がどんなものか会ったことはないが、神聖な生き物のはずだ。神をも恐れぬ所業に身が震える。

「分からない。それも含めて調査中だ。密猟を阻止した際に聖獣を取り戻したんだけど、彼らは謎の薬を使っていてね。奪い返した聖獣は今も弱っている……」

ルイは聖獣に危険が及んでいるのを心から案じているようだった。

「そうなんだ。私が聖獣を治癒できたらいいんだけど……。まだ鳥しか治療できないし」

不甲斐なさに瑠奈は目を伏せた。

「鳥を治せるのですかな？　何と、でしたら我が家の聖獣を診てもらえますかな？　最近少し元気がなくて」

ミッドレー伯爵が意気揚々と申し出て、瑠奈は目をぱちくりした。聖獣とはペットに近いものなのだろうか？

「名のある貴族は聖獣を抱えていることもあるんだ。ミッドレー伯爵家では代々鷹《たか》の聖獣を大事にしている」

ルイに説明され、聖獣が伝説的なものではなく、生活に密着した存在だと知った。夕食の後で連れてくるというので、デザートを食べた後、広間へ移動した。

「聖女様。こちらが我が家の守り神でございます」

ミッドレー伯爵が広間へ連れてきたのは、真っ白な鷹だった。ミッドレー伯爵の肩に乗り、じっと瑠奈を見つめてくる。聖獣と言われたが、白いだけでふつうの鷹と変わりはない。

「わぁー。かっこいい！」

瑠奈はペットに対するような気持ちでミッドレー伯爵の肩に摑まる鷹を近くから見ようとした。すると白い鷹がいきなり羽を広げてミッドレー伯爵の肩から瑠奈の肩に飛び乗ってきた。

「いた……っ、く、ない？」

一瞬鷹の鋭い爪に肩をえぐられるのではと怯えたが、痛くもないし、乗っているのが分からないほど白い鷹は軽い。

「おお、さすが聖女様。我が家の守り神は本来当主以外には近づかないのですよ！」

興奮した様子でミッドレー伯爵に言われ、瑠奈はそろりと白い鷹を見つめた。

『聖女よ、私の身体を癒してくれ』

ふいに耳元で囁かれ、瑠奈は飛び上がらんばかりに驚いた。

「鷹がしゃべったーっ!!」

驚愕して瑠奈が大声を上げると、前にいたルイとケヴィンもびくっとする。

「や、い、今この子しゃべったよね？　え、この世界じゃこれがふつう？」

瑠奈が動揺して聞くと、ルイとケヴィンが顔を見合わせる。

「恐れながら聖女様。我々の耳には何も聞こえませんでしたが」

ケヴィンに言われ、白い鷹の声は自分にしか聞こえないのだと知った。ミッドレー伯爵は守り神と瑠奈がしゃべれると知り、嬉しそうに顔をほころばせる。

「何と、聖女様は守り神様の声が聞こえるのですね！」

瑠奈はごくりと唾を呑み込み、白い鷹を見つめた。

「えっと、癒してくれって言った……？　あの私、まだ鳥しか……。聖獣は治癒できないんじゃないかなぁ。一応やってみるけど」

期待している白い鷹に促され、瑠奈は「元気になぁれ」と白い鷹を撫でてみた。……やはり何も起きない。

「鳥と聖獣は違うみたい。ごめん、レベルが上がるの待って」

がっくりして瑠奈は白い鷹に謝った。聖女の力を伸ばすべきか悩んでいたが、こうして自分の力を待ち望んでいる存在がいると、やはり力を使いたいと思えてきた。

『ふむ。そなたはまだ我らを癒すほどの力はないのだな。残念だ』

白い鷹はがっかりした様子でミッドレー伯爵の肩に戻っていく。

『では代わりに私の言葉を伝えてくれ。毎朝出される水が穢れている。あの水のせいで力が出しにくいのだ。厨房《ちゅうぼう》にいるアリというメイドは私の朝餉の水を昨日の残りの水ですませている。朝一番に井戸から汲《く》み上げた水を供えろと』

白い鷹に滔々《とうとう》と語られ、瑠奈はその言葉をそのままミッドレー伯爵に告げた。ミッドレー伯爵の顔色が変わり、恐ろしい形相でアリを呼べと使用人に命じた。

『それから私の部屋が汚れている。窓枠も掃除していないし、ララの奏でるピアノの音はへたくそで不快だし、レイドリーの付き合っている女は香水臭すぎて不快だ』

白い鷹には伯爵家に対する不満が多かったらしく、次から次へと指示された。最初は興奮して聞いていたミッドレー伯爵も、徐々にしおしおと背中が丸まっていった。

「……とまぁ、以上です」

瑠奈がようやく伝え終えると、ミッドレー伯爵は書き留めた紙を握りしめ、白い鷹をそっと撫でた。

「守り神様に私が謝っていることをお伝え下さい。これからは粗相《そそう》のないようにいたします」

ミッドレー伯爵が守り神を大切にしているのは確かなようだ。瑠奈が訳すまでもなく、白い鷹は羽繕いをする。

『こやつががんばっているのは分かっておる』

白い鷹は本当に守り神らしい。瑠奈も微笑ましくなり、喜んでその言葉を伝えた。

一仕事終えると、ルイとケヴィンが目を輝かせて瑠奈を見つめている。

「聖女様のお力を垣間《かいま》見て、ますます自分の栄誉ある仕事に誇りを持てそうです」

ケヴィンがふっと笑い、瑠奈はどきりとした。無口で真面目そうなケヴィンが微笑むと、なかなかすごい威力がある。

「ルナはすごいね。惚れ惚れしたよ」

ルイにはウインクされた。自分の力が少しは役立ったようで、瑠奈も嬉しくなって笑顔になった。


神獣や聖獣というものがこの国にとって大事なものであることは瑠奈にも理解できた。

聖獣は存在するものの、寿命が平均二百年と異様に長く、また不可思議な力を使えることで崇められている。聖獣は王家の直轄する神獣の森と呼ばれる場所で生まれることがあり、国王陛下が褒章代わりに家臣へ下賜する場合もあるらしい。聖獣は家門の守り神として貴族たちから尊ばれている。現在四大公爵家と侯爵家の二家門、そして三家門の伯爵家で守り神として存在している。

守り神にならない聖獣もいるが、そういう聖獣は王家の元で庇護されている。聖獣を盗んだり捕まえたりするのは重罪で、見かけたら近くの警備隊に連絡するのが規則となっている。そして聖獣の見分け方だが、基本的に真っ白の獣ということだった。

「聖獣じゃない白い生き物っていないの？」

揺れる馬車の中、瑠奈はルイに尋ねた。ミッドレー伯爵家に暇《いとま》を告げた後、瑠奈の前には豪華な馬車が待っていた。王家から第一騎士団と共に馬車もやってきた。せっかく馬に乗れるようになったのに、瑠奈は馬車へ乗るよう強引に押し込まれた。瑠奈の存在は聖女として広まっていて、今さら隠しようがなくなっている。

「そもそも白い生き物は存在しないよ。他の色が交じるのがふつう」

同乗していたルイが説明する。言われてみるとミッドレー伯爵の守り神である白い鷹は、くちばしも足も真っ白だった。

「そうなんだ。分かりやすいかも」

要するに全身真っ白のものが聖獣らしい。現金なもので躊躇《ちゅうちょ》していたレベル上げをまたやる気になっていた。聖獣の白い鷹を治癒できなかったのが悔しかったのだ。

「ルイ、あと少しで目標到達できそうだから、鳥のいるところへ連れていってほしいな」

街道を走る馬車の中、瑠奈は両手を合わせて頼み込んだ。

「もちろん。今夜泊まる街には鳥小屋と呼ばれる鳥専門の店があるからちょうどいいと思う」

ホッとした様子でルイが頷く。

「……よかった、ルナが元気なくなってたから心配してた。ミッドレー伯爵には聖女の話は触れ回らないようお願いしている。表向きはルナは俺の婚約者候補として丁重に城まで連れていっているってことになってるから」

ルイに何げなく言われ、吹き出しそうになった。聖女というのを大々的に発表されるのも困るが、ルイの婚約者候補とは。

「私なんかがおかしいでしょ！」

子どもっぽく見られているのを気にして瑠奈がたじろぐと、ルイが首をかしげる。

「別におかしくないと思うけど？　ルナの可愛さはうちの国民にも通じるよ？」

瑠奈の焦りが理解できないと言いたげなルイに、瑠奈は頭を抱えた。ルイは未だに自分を子ども扱いしている気がする。可愛いと気楽に言うのが、何よりの証拠だ。

「はいはい、もういいよ、それは」

これ以上不毛な会話を続ける気になれず、瑠奈は軽く手を振った。王家が用意した馬車は、バルハラッド王国のものより揺れが少ない。この馬車なら長時間乗っていても尻が痛くならないだろう。

ルイからこの国に関する話をいろいろ聞いた。聖獣がいるおかげか、自然が豊かで人々は素朴で温かい。飢饉知らずの国と言われていて、人々の暮らしは安定しているらしい。けれど安定しているだけに隣国からは狙われやすく、騎士団と神獣や聖獣の力で防いでいるものの何度か国境付近で戦争になりかけたことがあるそうだ。

「そういえば……バルハラッド王国がずっと雪が続いてるって本当かな？　いくら何でももうやんだよね？　そんな季節じゃないでしょ？」

バルハラッド王国もシュミット国も、四季がある。それぞれの季節の長さは一定ではなく、バルハラッド王国は夏が長くてシュミット国は春が長い。それだけに雪が続いているのは気になった。

「ルナにひどいことしたんだし、当然の報いじゃない？」

ルイが目を細め、怖い笑みを浮かべた。そういう恐ろしい笑みを浮かべているのを見ると、王子なんだなぁとゾクッとした。

「ルナは気にする必要ないよ。俺がルナを我が国に連れてきたことはいずれバレるだろうけど、あんな国に帰す気はないから」

きっぱりとルイに断言され、少しホッとしてしまった。瑠奈もしばらくあの国には戻りたくない。もう二度と王宮に閉じ込められるのはごめんだ。

「聖女様、そろそろ着きますのでご準備を」

日が暮れる頃、馬車の窓を軽くノックして、ケヴィンが告げた。

その日着いた街は、王都から二日の距離にある商業都市だ。たくさんの人が行き交い、店も多く、民家も多い。瑠奈は街一番と評判の宿屋に泊まることになった。華美な馬車と騎士団の護衛で街の人たちの視線を集めている。宿屋はこれまでとはランクの違う整った部屋で、ベッドもふかふかで調度品も立派だ。

あまり目立つ真似はしたくなかったので、瑠奈はフード付きの黒いマントを羽織ってケヴィンと一緒に店が建ち並ぶ市場へ向かった。ルイも一緒に行こうとしたのだが、ここではルイの顔は有名で、目立つので護衛はケヴィンだけでいいとなった。

「私のこと、瑠奈って呼んでくれます？　聖女様はちょっと」

ケヴィンの丁寧な態度は瑠奈が高貴な存在であるのが明白だ。お忍びで行きたかったので、瑠奈はケヴィンに必死に頼み込んだ。

「……分かりました。ルナ様とお呼びします」

最初は躊躇していたケヴィンも、瑠奈のお願い攻撃に負けてそう言った。ケヴィンのほうがよほど高位貴族なのに傅《かしず》かれるのがたまらない。様はいらないとねばってみたが、それは譲れないとひと悶着あり、仕方なく譲歩した。

「鳥小屋はここから先です」

ケヴィンが案内してくれたのは、ずらりと並ぶ鳥を売る市場だった。見たことのない珍しい色の鳥や、鳴き声の綺麗な鳥、つがいで売られる鳥など、さまざまな鳥が籠の中にいる。

「鳥さん、元気百倍！」

瑠奈は鳥を売る店の前を歩きながら小声で呟き、そっと手を翳《かざ》していった。とたんにたくさんの鳥籠が揺れる騒ぎが起こり、店主がびっくりして飛び上がる。瑠奈の治癒魔法で鳥は活発になり、すごい声で鳴き始めた。瑠奈は急いでその場を離れながら、鳥たちに治癒魔法をかけていった。

『レベルが上がりました』

『聖女魔法レベル４が解除されました』

『四本足の動物を百頭治癒して下さい』

次々に目の前に文字が現れ、瑠奈は拳を突き上げた。

「よっしゃ、レベル上がった！　次は動物かぁ、これならすぐできそう」

ステータス画面を見るとかなりいい感じで成長している。

「聖女さ……っ、る、ルナ様！」

レベル上げに喜んで歩いていると、背後にいたケヴィンの焦る声が聞こえた。何かと思い振り返ったとたん、無数の鳥がわーっと瑠奈の頭に飛びついてくるところだった。

「うわ……っ、分かった、分かったから」

けたたましく鳴きながら鳥が頭や肩に乗ってくる。乗りきらない鳥は場所を譲れと喧嘩しているし、まるで鳥に襲われているみたいだ。

「ルナ様、大丈夫ですか⁉」

ケヴィンが青ざめて瑠奈に群がる鳥を追い払う。市場の真ん中でそんなことをしたものだから、当然周囲の注目を集めた。

「お前たち、離れなさい！　気持ちは分かったから！」

鳥の治癒を完遂《かんすい》したので、例によって瑠奈に対する愛情が爆発したのだろう。瑠奈が声を張り上げると、鳥たちはしゅんとした様子で羽ばたいて去っていった。だが近くの木や店の屋根にとどまってこちらを窺っている。鳥のおかげで髪がぐしゃぐしゃだ。

「大丈夫よ。鳥に好かれただけだから」

おろおろしているケヴィンに瑠奈は笑いかけた。ケヴィンは不思議そうに去っていった鳥を眺め、瑠奈の乱れた髪を手で直す。

「ルナ様は……不思議な方ですね」

ケヴィンが照れたような笑みを浮かべ、瑠奈の髪をさらりと撫でる。イケメンの微笑に目が釘付《くぎづ》けになっていると、ハッとした様子でケヴィンが手を引っ込めた。

「申し訳ありません、淑女の髪に許可なく触れるなど」

どこまでも真面目なケヴィンに瑠奈は破顔した。

「子どもと思われてなくてよかったです。そんなちゃんとした女性じゃないので気遣わなくていいですよ？」

一応淑女扱いしてくれたので瑠奈も安心した。

「とんでもありません。私こそ無作法な男と有名ですので、何かお気に召さないことがありましたらすぐお申しつけ下さい」

ケヴィンに丁寧に礼をされ、瑠奈はそんなことないと応酬しながら市場を歩いた。市場には女性が好みそうなアクセサリーや雑貨を売る通りもあり、この国の女性たちのおしゃれも学べた。瑠奈のいた世界に比べ、素朴な飾りのものが多く、特に欲しいものはなかったが、リボン売り場は目に留まって立ち止まった。

（こういうのつける年齢じゃないんだけど）

リボンの前で悩んだのは、髪を縛るゴムがないという悩みのせいだ。長い黒髪を家にいた頃はゴムで留めたりバレッタでまとめたりしていた。だがこの世界ではまだゴムが流通していなくて、紐で縛るのが一般的だ。

「こちらをご所望ですか？」

瑠奈がリボンを眺めているのを欲しいのだと勘違いしたケヴィンがすっと手を出す。

「えっ、いや、そういうんじゃ」

瑠奈が止めようとした時には、ケヴィンはいくつかあるリボンの中から黄色のリボンを手に取っていた。ケヴィンは金を払い店主からリボンを受け取ると、瑠奈に差し出した。

「お嫌でなければ受け取って下さい」

真摯《しんし》な態度でそっと預けられ、嫌とは言えなくなった。リボンをする年齢ではないと恥ずかしさもあるが、この世界ではリボンは一般的なようなので素直に受け取った。

「ありがとうございます。大切にしますね。男性からこういうのもらったの初めてだなぁ」

つい口が滑ってしまった。瑠奈は言った後で、まじまじと自分を見つめるケヴィンの視線とかち合い、赤くなって歩きだした。

(恥ずっ、モテないの暴露しちゃったよ！　いや、彼氏いない歴年齢ですけど？　この世界じゃふつう……だよね？)

学校に通っていた時も、ゲーム会社に勤めていた時も、瑠奈に言い寄る男は皆無だった。ゲームして遊ぼうとかゲーセンで戦おうという男友達はけっこういたが、瑠奈には色気がないと誰も言っていた。ケヴィンにまで馬鹿にされたら立ち直れないとそっと振り返ると、何故か赤くなって口元を手で覆っている。

(よかったぁ。この世界じゃ喪女《もじょ》って馬鹿にされないんだぁ)

ケヴィンの優しさに救われ、瑠奈はホッとして市場を回った。


翌日、馬車は昨日よりも速い速度で走っていた。出発前に瑠奈が馬たちに治癒魔法を施したのが効いたらしい。四本足の動物は身近にいる。騎士たちの馬や近所で飼われている犬猫、街道の途中で羊や牛を放牧している牧場も見かけ、治癒する目標数はどんどん溜まった。

瑠奈は朝から機嫌がよかったのだが、どういうわけか同乗しているルイの機嫌が悪い。

ずっと考え込んでいる様子で黙っているし、時折気に入らないという目つきでこちらを見るのが気にかかる。

「ルイ、どうかしたの？　いつも陽気なルイが不機嫌だと空気が重いんだけど」

出発して二時間くらい経った時に耐えかねて聞いてみると、じとっとした目で見られた。

「……可愛いリボンをしているね？」

そっぽを向きながら言われ、瑠奈は肩で揺れている髪に触れた。昨日ケヴィンに黄色いリボンをもらったので、さっそくポニーテールにしてつけてみたのだ。ポニーテールは久しぶりだったが、ケヴィンに嬉しそうに「お似合いです」と言われて瑠奈も嬉しかった。

「うん。昨日ケヴィンに買ってもらったの。似合う？」

笑顔でルイに聞くと、そっぽを向いたまま無言になる。ルイの不機嫌の原因がこれだと分かり、瑠奈は目を丸くした。

「え、何で？　まずかった？　あ、一応ルイの婚約者候補って立場だもんね？　他の人にもらったものつけたらまずいのか」

ようやく自分の失態に気づき、瑠奈はうなじを搔いた。

「そういうことじゃないよ」

ルイがやっとこちらを向いて、瑠奈の手を握ってくる。

「ルナの身を飾るものは、俺が最初に贈りたかった。しかもケヴィンの瞳の色と同じリボンなんて、気に入らないに決まってる」

熱っぽい視線で囁かれ、瑠奈はドキリとして固まった。何だかやけに視線が熱いような気がするが、気のせいだろうか？

（そういう言い方すると誤解しちゃうよ？　はー。これだから陽キャのモテ男は）

ルイの言葉を鵜呑《うの》みにするほど自分を過信していない。どの女性にもこういう言葉をかけているのだから、心を揺らしてはいけない。

「いやいや、ルイにはたくさん洋服とか用意してもらってるしさ。いつもありがとうね、いつかちゃんとこの恩は返すから」

ルイの手をぽんぽん叩き、瑠奈はにっこりと笑った。ルイも同じように返してくれるのかと思いきや、はーっという大きなため息が戻ってくる。

「一応婚約者候補だもんね？　他の人にほいほいアクセサリーもらっちゃダメって知らなかったからさ。これから気を付けるよ。リボンの色は偶然じゃないかな？」

内心焦りつつ、とりなすように言った。ルイは眉根を寄せて、再び大きなため息を吐く。まだ何かまずかっただろうかと不安になったが、やっとルイの表情が戻った。

「ごめん。ちょっとヤキモチ妬いただけ。やっぱり昨日は俺が一緒に行くべきだった」

いつもの口調になったルイに安堵して、瑠奈は「それより」と話題を変えた。

「やっと動物を治癒できるようになったから、次はきっと！　きっと人間だと思うのね！」

瑠奈は興奮して拳を握った。

昆虫から魚、鳥、動物ときたのだ。間違いなく次は人間だろう。やっと聖女っぽい感じになれると、気分も盛り上がってきた。

「ルイの両親の前に立った時には人間を治癒できるといいんだけどなぁ。そうでないとわざわざ一緒に逃げてくれたルイに申し訳ないしさ」

反逆者状態で瑠奈をこの国へ連れてきてくれたルイには感謝しかない。一国の王子が隣国から聖女をさらってきたのだ。無能聖女じゃルイの面目が立たないだろう。せめて人間を治癒できるようになれば、ルイの両親も納得して瑠奈を保護してくれるのではないか。

「ルナ、そんなこと気にしなくていいよ。ルナに何の力もなくても、俺は別にいいんだから」

ルイの優しさに瑠奈も胸が熱くなり、照れてうなじを掻いた。

「そういうわけにもいかないでしょ。ここまで来るのにたくさんの人やお金を使わせてるんだもの。少しは還元できる存在にならないと」

ルイの優しさに甘えてばかりはいられない。瑠奈はレベルが上がるまでの残りの頭数を確認して、頭の中で計画した。

「ルナ……、君のそういう真面目なとこ好きだけど、もっと何も考えず全面的に頼ってくれていいんだよ？」

どこか寂しそうな顔でルイが言う。ルイにはかなり頼っている気がするのだが。この世界に来た時は人に恵まれなかったと嘆いたけれど、今はルイのおかげで親切な人たちに囲まれている。でも、それは自分が聖女の力に目覚めたからだと分かっている。だからこそ自分の力を確立しようとがんばっているのだ。

（でもルイは私が聖女の力を持ってない時も優しくしてくれたからね。ちゃんと覚えているよ）

何か言いたげなルイの肩をぽんぽん叩き、瑠奈は親指を立てた。

王都までの道のりで、瑠奈は治癒魔法を惜しみなく使った。魔力量もかなり増えていたので、尽きる心配はなかった。治癒魔法はかける相手の大きさや特殊さによって使う魔力量が異なるようだ。虫程度ならわずかな力ですむが、牛のような大物だと魔力を食う。

街並みを眺めつつ移動していると、ようやく王都に入った。

王都の街並みは洗練されていた。地面には石畳が敷かれ、店も二階建てや三階建ての立派なものが並んでいる。看板の文字を見ていると新聞社や印刷工場といった地方にはないものもあって見ていて飽きなかった。

王都の中央広場を過ぎると、傾斜のある道を馬車と騎士たちが進んだ。丘の上には立派な城が建っていて、まるでテーマパークに来たみたいだ。馬車は大きく開かれた門をいくつも潜り、城へと近づいた。

「ルナ、お手をどうぞ」

やっと馬車が停まり、御者が扉を開くと、先に外に出たルイが手を差し出してきた。瑠奈は気後れしつつその手に手を乗せ、外へ出た。

(うわぁーノイシュバンシュタイン城みたい)

瑠奈は城の美しさに見惚れた。バルハラッド王国の城とは様式が異なるようだ。バルハラッド王国の城はアンコールワットを彷彿《ほうふつ》とさせる大きくて堅固なものだった。この国の城のほうがメルヘンちっくだ。衛兵の制服は黒い帽子に青地に黒いラインの入っているおしゃれなもので、この国では騎士や兵は青と黒をまとうと決まっているのかもしれない。

ルイにエスコートされ、出迎えの人が並ぶ中、瑠奈は城に入った。そのまま謁見の間へ連れていかれ、赤いカーペットを歩く。バルハラッド王国での嫌な思い出が蘇ったが、この国の玉座にいる国王陛下と王妃はにこにこして瑠奈を迎えてくれた。

「シュミット国の道しるべである国王夫妻にご挨拶申し上げます。ルイモンド・デ・フィルランドただいま戻りました。彼女はルナ・カシイ。手紙に記した通り、我が国へお迎えしました」

ルイは国王夫妻の前で跪き、優雅なしぐさで挨拶をする。瑠奈はどぎまぎしつつ、慣れないカーテシーをした。

「国王夫妻にお目にかかり、光栄です。瑠奈と申します」

バルハラッド王国の国王たちのように厳しい言葉を言われるのではないかと怯えつつ、瑠奈は二人を窺った。すると国王夫妻が玉座から下りてきて、瑠奈とルイの前に立つ。ルイはすっと立ち上がり、瑠奈と並んだ。

「まぁまぁ待っていたのよ。ようこそ我が国へ」

王妃が感激した様子で瑠奈の手を握る。その笑顔と温かい手に瑠奈は緊張がほぐれた。

王妃はルイに似た、若い頃はかなりの美人であろうと思わせる熟女だった。金髪の髪を美しく結い、胸元には大きなダイヤモンドを散りばめたネックレスをしている。

「聖女をお迎えできたことは、我が国にとって最大の幸せだ。ルナと呼んでいいかな？あなたのことは我が国で保護するつもりなので、どうか心配しないでほしい」

国王陛下も穏やかな口ぶりで瑠奈の肩に手を添える。フレンドリーなルイの両親に瑠奈も安心して笑顔が出た。

「こちらこそ、ルイには……えっとルイモンド王子殿下にはたくさんのご迷惑をおかけして……本当に王子殿下がいらっしゃらなかったら生きていたかどうか」

国王との会話が不慣れで瑠奈がもごもごすると、ルイが瑠奈を抱き寄せる。

「ルイでいいって。父上と母上もルナに重圧かけないでくれよ？」

いつもの気安い口調で国王夫妻と話すルイを見て、瑠奈もホッとした。どうやらバルハラッド王国とは違い、ルイの国ではこういう口調も許されるらしい。

「ふふ。分かっていますよ。さぁ、ルナ。あなたのお部屋へ案内するわ」

王妃は優しそうな笑みを浮かべ、瑠奈の手を取る。母親世代の女性に不慣れで、瑠奈はドキドキして王妃と一緒に謁見の間を出た。王妃には側近や侍女がいて、彼らは少し離れてついてくる。

「バルハラッド王国ではご苦労なさったそうね。この国ではあなたに不自由を強いる真似はしないので安心してね」

王妃はにこやかに瑠奈に話しかける。ずっと手を握られているので、何だか気恥ずかしい。男性と手を握るより、年配の女性に手を握られるほうがドキドキする。

「うわー。猫ちゃんがいっぱいですね！」

渡り廊下を歩いているとたくさんの猫が廊下を歩いているのが見えて、瑠奈は思わず声を上げた。

「長男が猫好きでね。あの子の猫が城中を我が物顔で歩いているのよ。夕食の席で紹介するわ。長男は無類の猫好き……あら、あそこにいるじゃない」

中庭の植え込みの辺りでうずくまっている男性を見つけ、王妃がため息をこぼす。瑠奈がつられて見ると、草だらけの姿で猫を抱えている男性がいた。

「イーライ、そんなところで何をしているの？」

王妃が渡り廊下から声をかけると、大柄な男性の背中がびくっとなった。振り返った顔には泥がついていて、その腕には白い長毛の猫がいる。

「は、母上……、リュミエールの元気がないのです」

猫を抱えたまま男性が立ち上がる。かなり大柄な男性で、二の腕や太ももは筋肉がすごそうだった。父親似の褐色《かっしょく》の髪、蜂蜜色の瞳をしている。巨漢と猫。いい組み合わせだ。

「あなたったら……こちらはルナよ。聖女様がいらっしゃるって言ってたでしょう？　ルナ、この子はイーライ。先ほど言っていた長男よ」

瑠奈に挨拶せず、猫を抱えておろおろする体躯の大きな男に王妃が呆れる。

「あ、す、すみません」

イーライは初めて瑠奈に気づいた様子で後ずさる。女性が苦手なのか、瑠奈と目が合うなり真っ赤になった。三男のルイとはだいぶ趣《おもむき》が違うようだ。

「いえ、あの元気がないようでしたら、私が治癒しましょうか？」

動揺しているイーライの腕の中にいる猫を見つめ、瑠奈は申し出た。確かに腕の中の猫はぐったりして元気がない。

「え、本当に？」

イーライの目がぱっと輝き、瑠奈はそっと手を差し出した。猫の身体に手を当て、じっと見つめる。動物を治癒し始めた辺りから、じっと身体を見つめると悪い部分が黒い靄《もや》となって見えるようになった。白い猫の咽から胸近くに何か異物がある。

「元気になりなさーい」

瑠奈が異物がなくなるように祈ると、急にイーライの腕の中で猫が暴れだした。

「うわっ」

イーライがびっくりして手を離すと、白い猫が芝生に降り立ち、げぇええと何かを吐き出す。黒っぽい塊《かたまり》が吐き出され、白い猫はなおもげーげー嘔吐した。一通り吐き出すと、白い猫はすっきりした様子で毛づくろいを始めた。

「何か呑み込んでたみたいですね。うわ、な、何だろうこれ」

猫が吐き出したものは形がくずれていてグロテスクだった。石に似ているが、黒いし溶けかかっている。王妃も悲鳴を上げて衛兵に片づけるよう命じている。

「す、すごいです！　あなたは女神様か！」

イーライが興奮した様子で瑠奈の手を握る。

「女神様じゃなくて聖女様よ」

王妃が笑いながら訂正するが、イーライは感激した様子で瑠奈を抱きしめてくる。大きな身体に包まれ、悪い気分ではない。プロレスラーに抱きしめられるとこんな気持ちかもしれない。

「イーライ！　淑女をそんなふうにしては駄目よ！」

王妃に叱られ、イーライが慌てて手を離す。二人の会話からもルイの家族が仲良しだというのは伝わってきた。ふとステータス画面を見ると、あと一頭でレベルが上がる。

「もう一頭治癒魔法をかけるような子はいませんか？　新しい力に目覚めそうです」

瑠奈が辺りを見回して言うと、イーライが「今すぐ連れてまいります！」とどこかへダッシュした。ほどなくしてまだら模様の猫をイーライが連れてくる。年老いた猫らしいが、寿命が来るのはまだ先の気がした。

「元気になーれ、まだまだいけるよ！」

猫の身体を撫でて唱えると、イーライの腕の中にいたまだら模様の猫がぱちっと目を開ける。それまでのゆったりした動きとは明らかに違い、イーライの腕の中から軽く飛び出すと、にゃあと鳴きながら瑠奈の足にすり寄ってきた。

『レベルが上がりました』

『聖女魔法レベル5が解除されました』

お決まりの画面が出てきて、瑠奈は期待に満ちた眼差しで待った。今度こそ人間を治癒できるはず、と意気込むと予想外の文字が浮かび上がる。

『聖獣を百頭癒して下さい』

てっきり人間を治すタスクが出ると思ったのに、聖獣——瑠奈はがっかりしてうなだれた。うなだれる瑠奈の周りには城中の猫が集まっていた。

「ま、まぁああ、どうなってるの？」

「アビス、ルーラ、おおヘンドリ久しぶりだなぁ、うわー城中の猫が集まってきたぞ。あっルイのモッズも来ている」

いつものように城の中にいた動物たちが瑠奈目掛けて群がってきた。猫がかなりの数だが、犬もいるし、見たことのない生き物もいる。猫たちに好かれる瑠奈に、王妃とイーライは呆然としている。瑠奈のほうもこれだけいる猫全部に名前を付けているイーライに恐れ入った。

「皆の気持ちは分かったから散らばりなさーい。私しばらくはここで厄介になるから！」

瑠奈が猫や犬たちに大声で伝えると、しょんぼりした様子ながら命令に従い、彼らが元居た場所へ去っていく。

「ねぇ、モッズがすごい勢いで出ていったけど、ルナのレベルが上がった？」

騒ぎを聞きつけてルイが走ってくる。モッズはルイの傍で尻尾を振ってまとわりついている。

「ええ、ルナってすごいのね。びっくりしちゃったわ」

王妃も前例のない事態に興奮気味だ。

「ルナさん」

それまで固まっていたイーライが急に瑠奈の手を取り、真剣な目で見つめてくる。

「結婚して下さい。あなたこそ俺の女神様だ」

いきなり求婚してくるイーライに、ルイが吹き出す。王妃は「あらまぁ」と頰を染め、瑠奈は乾いた笑いを浮かべた。猫好きの長男は、猫を助けた瑠奈を神格化したようだ。

「ちょっと、兄貴！　ダメダメ、ルナは渡さないから！　兄貴にはちゃんと婚約者がいるだろ！」

ルイはイーライが握っていた手を強引にほどき、瑠奈の前に立つ。長男とルイが向かい合い、まるで二人の男が自分を争っているようだと笑いが込み上げてきた。

「ルイ、大丈夫だよ。冗談だって分かってるから」

瑠奈は笑いながらルイの背中を叩き、睨み合う兄弟を宥めた。

「それより悪い報告なんだけど、まだ人間を治癒できなかった」

先ほどのレベル上げを思い返しがっかりして言うと、ルイが振り返る。ルイは瑠奈をイーライから引き離し、「別に悪い報告じゃないけど」と慰めてくる。

「次は聖獣を百頭治さなきゃいけないみたい。聖獣って百頭もいるの？」

四本足の生き物を百頭癒すのは簡単だったが、聖獣はめったにお目にかかれないものではないか。瑠奈が気落ちして言うと、何故かルイも王妃もイーライも衝撃を受けたような顔で固まっている。

「……どうかした？」

三人の態度に怯えて聞くと、ルイが王妃の身体を抱いて目を細める。

「それは俺たち王家がずっと願っていた力だよ、ルナ」

涙を浮かべる王妃にルイがかすれた声で告げる。

予想外に真剣な空気に戸惑っていると、渡り廊下から侍女が駆け込んでくる。侍女は瑠奈たちの前に来ると、息を整えた。

「王妃様、古神獣様がお目覚めになりました」

侍女の報告で王妃やイーライ、ルイに電流が走った。古神獣といえば、この国の守り神でルイに隣国へ渡れと命じた存在だ。一体どんな生き物だろうと興味が湧いた。

「ルナが来た時点で目覚められたってことは……やっぱり古神獣様はルナが来るのを待っていらしたんだな」

ルイは重苦しいため息をこぼし、ぎゅっと瑠奈の手を握った。

「ルナ、古神獣様に会ってほしい」

ルイに熱っぽい眼差しで見つめられる。王妃とイーライも同じく熱い視線を瑠奈に注いできた。その迫力に気圧《けお》され、瑠奈はこくりと頷いた。


古神獣は城の奥に建てられた白亜の神殿の地下にいた。石造りの建物はひんやりしていて、絶えず水が流れる音がしている。ルイの話では常に湧き続ける泉があって、そこに古神獣が寝ているそうだ。

「ここは特別な者しか入れぬ。王族か、王族の配偶者のみだ。聖女様は初めての例外だな」

国王が先に立って歩きながら言った。国王と王妃、イーライとルイが瑠奈と一緒に地下へ下りていく。第二王子は現在隣国へ貿易関係の仕事で出かけているそうだ。ルイに手を取られ地下に下り立つと、廊下の壁に明かりが灯っていく。人感センサーの役割を果たす魔石があり、人の体温に反応して廊下を照らしてくれる。

長い廊下の奥に、水を溜める大きなプールみたいなものがあって、そこに巨大な白い亀がいた。頭からつま先まで真っ白で、瑠奈は唖然とした。

「古神獣は玄武《げんぶ》かー」

長寿の亀とくれば、玄武を思いつく。四神が存在したらかっこいいなと思っていると、白い亀の頭がゆっくり持ち上がった。

「古神獣様」

国王や王妃、イーライとルイがいっせいに白い亀の前で跪く。慌てて瑠奈も膝をついた。白い亀はゆっくりと頭を動かし、瑠奈を見つけた。

『ようこそ、聖女よ。そなたが来るのを待っていた』

白い亀がしゃべりだし、瑠奈は顔を上げた。

「私が来るのを知ってたんですか？」

瑠奈が会話を始めると、国王と王妃が驚いたように瑠奈のために場所を空ける。どうやら白い亀の言葉は皆に聞こえるようだ。

「古神獣様、我らの国で起きている聖獣の減少についてお聞かせ下さい」

国王は古神獣にせっつくように聞く。古神獣は一つ二つ話を伝えるとすぐ眠ってしまうそうだ。瑠奈が白い亀を見やると、悲しげな瞳とぶつかった。白い亀の瞳は灰褐色で、見つめると吸い込まれるようだ。

『聖獣を殺して核となる魔石を取り出すと、人の身でもその不可思議な力を使えるようになるのだ。悪しき心の持ち主が聖獣を狙っている。彼らは聖獣を殺し、その核を取り出して宝石代わりにしている』

古神獣が重々しく告げる。王妃が青ざめ、国王にもたれかかる。

「それはごく一部の者しか知りえない秘密の話だ。聖獣に災いをもたらす者は呪われるという言い伝えがあり、今までそのような愚かな真似をする者はいなかった」

口惜《くちお》しそうに国王が吐き出す。

『秘密はどこからか漏れた。聖獣を助けるためには、聖女の力が必要だったのだ。ゆえにわしは第三王子にその任を託した。聖女よ、聖獣の魔石について何か心当たりはないか？』

古神獣の話を聞いていた瑠奈は、何だか嫌な感じがして顔を顰めた。

「あの……それってルビーみたいな色の石じゃないですか？」

瑠奈が手をあげておそるおそる聞くと、そうだと古神獣に頷かれる。

「私……それを使って治癒魔法を施している人を見たかも……」

どんよりした気分で瑠奈は国王と王妃、そしてイーライとルイに切りだした。四人の視線を受けて、バルハラッド王国で起きた出来事を語る。公爵令嬢のエリーゼが赤い宝石を身につけて、怪我人を癒したことで聖女となった話だ。

「呆れた！　あの女、どこまで厚かましいんだ！」

もともと公爵令嬢に不快感を抱いていたルイは、激しく憤っている。国王と王妃も憤慨しているし、イーライも頭を抱えている。今まで現れなかった聖女が二人も出てきた理由がこれで分かった。エリーゼがどこで聖獣の魔石を手に入れたか分からないが、よほど聖女の地位を欲していたのだろう。無能聖女よりひどい、偽聖女ではないか。

『聖女よ、聖獣を救っておくれ。本来聖獣は元気であれば、密猟者の罠《わな》などにかからぬ。古神獣であるわしの寿命が近いので、神獣たちも影響を受けておるのだ。そなたの力が必要だ』

古神獣にじっと見つめられ、瑠奈は大きく頷いた。

「お任せ下さい！　ちょうどレベル上げにぴったりです」

国を救うという話は重圧を感じるが、聖獣を治癒するだけならレベル上げに打ってつけだ。ついでに古神獣も治癒してみようとしたが、聖獣は治癒できても古神獣は治癒できなかったらしく、何も起こらなかった。

『わしはもう年老いただけの身だ。やれやれたくさん話したら眠くなった』

古神獣はそう言ってまた深い眠りについてしまった。

「ルナ、あなたには多くの仕事を任せてしまうことになる。どうか我が国の守り神のために力を貸してほしい。その見返りにあなたの要求にはできる限り応えよう」

国王が瑠奈の前に跪き、王妃やイーライ、ルイまでもが瑠奈の前に膝を折る。

「そんな、大丈夫です、私にできることならやりますから！」

身分の高い人を跪かせるのが申し訳なくて、瑠奈も床にしゃがみ込んで頭を下げた。

神殿を出ると、緊急の会議が開かれることになった。

聖獣を密猟していたのがバルハラッド王国の者だと分かったのだ。国王の名においてバルハラッド王国へ事の真偽を問う書簡を送ることになった。瑠奈も会議に参加することになり、シュミット国の重鎮と顔を合わせて知っている情報を明かした。

気忙しい空気の中、瑠奈は城の中の一室を与えられ、侍女を二人つけてもらった。侍女などいらないと言ったのだが、聖女として迎えているので当然だと押し切られた。部屋は女の子らしい可愛いもので、壁紙や調度品、天蓋付きのベッドと柔らかい色合いで揃えられている。

城に寝泊まりして二日が経った頃、瑠奈は王妃とルイに、弱っている聖獣が保護されている神獣の森へ連れていかれた。神獣の森へは王族と一緒でないと入れない結界があるそうだ。瑠奈はルイと手を繋いで森へ入った。

清らかな空気を感じる森だった。日差しは眩しく、どこからかせせらぎの音がする。瑠奈たちが木々の間を歩いていると、奥からぴょんぴょんと軽やかな足取りで駆けてくる生き物がいた。真っ白な鹿《しか》だ。続けて真っ白な兎《うさぎ》や栗鼠《りす》、犬や猫が現れる。聖獣は合計十五頭だ。

「まぁ……彼らはすでに知っているのですね、ルナが来ることを」

王妃は連絡もしていないのに集まった聖獣たちに感嘆している。

「えー、私は香椎瑠奈と申す者です。僭越《せんえつ》ながら治癒させていただくために参りました」

聖獣たちに見つめられ、瑠奈は咳払いして名乗りを上げた。よく見ると聖獣たちはそれぞれ身体のどこかに黒い靄をつけている。両手を上げて、瑠奈は聖獣たちにパワーを送る。

「黒い靄は飛んでいけー」

団扇《うちわ》で風を送るような気持ちで唱えると、さぁーっと温かな風が聖獣を取り巻いた。瑠奈の元に集まった聖獣たちの身体から黒い靄が消滅する。聖獣たちは綺麗になった身体で軽やかに飛び回り、瑠奈の前に来てお辞儀をした。

『身体が軽くなった！　この恩は忘れない』

聖獣たちは口々に言い、それぞれの行きたい場所へ散らばった。古神獣の声は王妃とルイも聞こえるが、聖獣の声はやはり聞こえないらしい。瑠奈はふうと息を吐いて、肩を鳴らした。十五頭一気に治癒したので、魔力量がほとんどなくなった。やはり聖獣一頭治癒するのはけっこう魔力を食う。それにしても聖獣百頭治癒するのは、かなり難しいのではないか。どうやって百頭見つけるか。

「ルナ……」

さぁ帰ろうと振り返ると、ルイが感動した様子で手を握ってきた。王妃も目を潤ませて瑠奈に抱き着く。王妃からはいい匂いがしてドキドキした。

「ルナ、ありがとう。君のおかげで聖獣が元気になった」

熱っぽい口調でルイにお礼を言われ、瑠奈は「いやいや」と焦って首を振った。温度差が違いすぎてびっくりした。ルイたちにとって聖獣の元気は重要なものだった。

「ルナのおかげで我が国は救われるわ。あなたをもたらしてくれた古神獣様に感謝せねば」

王妃は目じりに溜まった涙をそっと拭い、優しく微笑む。

（まぁよかった……かな？　レベル上げのことばっか考えてて何かすんません……）

帰る道すがらずっとお礼を言われ、瑠奈はそわそわして落ち着かない気分だった。

城での暮らしは快適だった。侍女二人は瑠奈のためにあれこれ手を尽くしてくれるし、ルイもイーライも国王夫妻も優しくしてくれる。護衛は必須だが、どこへ行くのも自由だし、バルハラッド王国での苦しい生活とは雲泥の差だった。

（とはいえ、ずっとここにいるのも何だかな）

聖女としてやっていくつもりはあまりないのに、城で暮らしていくのも申し訳ない気がする。気兼ねせずずっといてほしいと国王夫妻に言われたが、瑠奈の感覚としては城の暮らしは求めているものと少し違う。

（何しろ、出かけるのに護衛が必要なのと、いちいち街に出るのに検問とか衛兵の前を通るのがねー。ドア開けたらすぐ街に行ける庶民の暮らしが合ってるんだよなぁ）

生活様式は違えど、やはり瑠奈には城での暮らしは窮屈だ。今はまだ庶民に交じって暮らせる状況ではないが、いずれ日本に帰るまでは一平民として自由に暮らしたい。

そんな気持ちを抱えていた昼下がり、東屋でお茶でもどうですかと侍女に誘われ、瑠奈は庭でティータイムを満喫していた。この国にはシュトレンみたいな焼き菓子があって、それは瑠奈もお気に入りだ。欲をいえばシフォンケーキのようなふわふわのケーキが食べたいのだが、この世界にはまだ存在しない。

「ねぇ、一緒に食べようよ」

一人でお菓子を食べても味気ないので侍女二人を誘うと、何故か微笑みを浮かべて、「私たちはこちらで」と遠慮される。仕方なく紅茶を飲みながら庭園を眺めていると、垣根の間からルイがやってくる。礼装を身にまとったルイは王子様そのものだ。厩番をしていた時は見せなかった気品と優雅さを、城では惜しげもなくさらしている。

「ルナ」

ルイは手に赤い薔薇の花束を抱えていて、瑠奈を見つけると嬉しそうに微笑んだ。ルイはまっすぐに瑠奈のほうにやってくる。

「ルイ、どこか行くの？　暇ならお茶でもどうかと思ったんだけど」

瑠奈が花束に目を丸くしていると、ルイがすっと瑠奈の前に跪く。背後にいた侍女二人がいつの間にか遠くに離れていて、瑠奈はどきりとした。

「ルナ、俺と婚約してほしい」

突然甘い声音で囁かれ、瑠奈はぽかんと口を開けた。赤い薔薇の花束が瑠奈の手に渡される。ルイは請うような瞳で瑠奈を見上げ、そっと手を差し出した。

「君を一生大事にする。どうか俺の傍にいてほしい。君のことが好きなんだ」

聞いたことのない甘い言葉に頭が真っ白になった。婚約と言っただろうか？　好きとは？　聞き慣れない単語のオンパレードで頭がショートしかけた。

「え……っと、何かの冗談……もしくは罰ゲーム……」

男性とは友達にしかなれなかった身としては、どこかに笑って見ている人がいるのではないかという疑心暗鬼《ぎしんあんき》に囚われた。

「冗談なんかじゃないよ。ルナ、俺の気持ちがぜんぜん伝わってないのは分かってたけど、罰ゲームはひどくない？　真面目に聞いて。俺、君のことが」

「ちょちょちょっ、ちょっと待って！」

なおも愛の言葉を語ろうとするルイの口を手でふさぐ。深呼吸して、頭を整理した。ルイが自分を好きだった？　それはさすがにない。あるとしたら――。

「聖女フィルターってわけね、はいはい。あーうっかりいい気になるところだった。聖女である私を逃がすなとか言われたんでしょ？」

瑠奈は合点がいって、ふーっと息を吐いた。バルハラッド王国でも第一王子の婚約者に無理やりさせられた身だ。この世界ではよほど聖女が大切なのだろう。

「聖女じゃなくても、ルナが好きだよ」

ルイが瑠奈の手を取り、そっと口づける。反射的に手を引っ込めると、ルイが立ち上がって、瑠奈をじっと見つめる。

「一人で見知らぬ世界に来てがんばってる君を見て、守ってあげたいと思ったし、君を泣かせる奴を許せなかった。君は何故か自分が異性から好かれないと思っているみたいだけど、君はとても可愛くて魅力的な女の子だよ。あと負けず嫌いなところも、さばさばした感じのとこも、人に頼ったり甘えたりするのが苦手なとこも好きだよ」

「うぐ……っ」

浴びせるように愛の言葉を伝えられ、瑠奈は何も言えなくなった。私のこと何も知らないじゃないと言いたいところだが、けっこう性格を把握されている。

「で、でも王子様と婚約なんて身分が……。ルイに利益あるの？　ルイならもっと可愛くて綺麗な子がたくさんいるでしょ？　私もルイのことは嫌いじゃないけど、そもそも私この世界にずっといるかどうかは……」

元居た世界に帰ることも考えている身としては、適当な答えは返せない。

「俺はルナに帰らないでほしい。ずっとここにいてほしい。でも今のルナが帰りたい気持ちを持っているのも理解している。だから君が元居た世界に帰るまででもいい、婚約してくれないかな？　俺は俺でルナに好きになってもらえるよう、ずっとこの国で暮らしたいと思えるよう努力するから」

ルイの気持ちは強く、瑠奈が考えるよりも深く思われているのが分かった。聖女フィルターはあるかもしれないが、ルイが自分を好きなのも伝わってきた。

「うーん……でも」

ルイは嫌いではないが、こんな気持ちで婚約などしていいのか瑠奈は悩んだ。元居た世界に帰るまでといっても、気のある相手を縛り付けるようなものだ。

「それに、ルナが婚約してくれたら国としても助かる。バルハラッド王国から聖女の返還を求められた時に、俺と婚約している事実があれば突き返せるから」

悩む瑠奈に、ルイが必死に言い募った。バルハラッド王国と聞き、瑠奈も青ざめた。ルイの言う通り、瑠奈がここにいるのがバレたら、バルハラッド王国は何か手を打ってくるだろう。瑠奈を殺そうとしたのも、他国に聖女が流れるのを厭《いと》ったからだ。

「そういうことなら……仮、みたいなのでよければ」

瑠奈は悩んだ末についそう言った。バルハラッド王国に戻りたくない気持ちが働いた。瑠奈の返事にルイの顔がぱっと輝き、座っていた瑠奈の手を引っ張り上げて、抱きしめてくる。

「ありがとう、ルナ！　俺、がんばるから！」

ルイにぎゅーっと抱きしめられて、瑠奈は真っ赤になってその胸を押し返した。女性の扱いに慣れているルイにとっては大した行為ではないだろうが、隙間もないほど密着されて髪に顔を埋められたら赤面ものだ。

「王子殿下、バルハラッド王国から書簡が届きました！」

東屋でぎゅうぎゅう抱きしめられていると、ルイの侍従が駆け寄ってきて報告した。ルイの顔がすっと強張り、瑠奈を抱いたまま侍従を見据える。

「バルハラッド王国の国王が、即刻聖女様を国へ返すよう、求めております」

侍従が怯えるような顔つきでルイに報告する。ルイの懸念がそのまま現実となり、瑠奈は怖くなってルイにしがみついた。

「安心して、ルナ。君のことは誰にも渡さない」

力強い腕に抱きしめられ、瑠奈は強張った表情で頷くばかりだった。

■6　バルハラッド王国の惨状

バルハラッド王国に雪が降り続けて一カ月が過ぎた。

モーリアス侯爵は毎日のように報告される各地の状況に頭を痛めていた。収穫時期を控えていた作物は雪のせいで凍結し、国内の川や湖、井戸には氷が張り、人々の生活を苦しめている。

さらに王宮では異常事態が起きている。ミカエル王子と公爵令嬢が呪われているとまことしやかに囁かれている。何しろ、庭に出れば無数の鳥や蜂に襲われ、どこからか忍び込んできた蟻や蜘蛛の大群に部屋を占拠され、王妃の飼っていた猫に引っ掻かれと散々だったのだ。この気味悪い現象はミカエル王子と公爵令嬢の宮殿だけに起きている。他の王族には何ら害はなく、貴族たちの間では、聖女の呪いと言われているのだ。

「何とかしろ！　俺の身は国の宝なのだぞ！」

ミカエル王子は蜂に刺され変形した顔で、侍従やメイドに当たり散らしている。治癒魔法を使える公爵令嬢に最初は頼んでいたのだが、何故か最近公爵令嬢は治癒を渋るようになった。

「私の力ですから、私のために使うべきでしょう！　ミカエル王子は侍医にでも頼めばいいのだわ！」

公爵令嬢は自分の身を治癒することだけに専念して、王子との仲に亀裂を及ぼしている。降り続く雪と、第一王子、公爵令嬢への奇怪な出来事。宰相として手を尽くしているが、やまぬ災害級の降雪に、国民の間にも不審が募っている。何しろバルハラッド王国にのみ、雪が降り続いているのだ。隣国はどこも影響がなく、まるで神がこの国だけ滅ぼすと決めたかのようだ。

肝心の消えた聖女の行方は、情報が集まりつつあった。厩番をしていた男が船を使ってシュミット国へ聖女を連れ去ったようだ。厩番の男の正体について、貴族の中に重要な情報をもたらす者がいた。

「あの方はシュミット国の第三王子ではないでしょうか」

厩番の男に見覚えがあると言った貴族の証言で、隣国のルイモンド王子ではないかという疑いが浮上した。この報告に陛下も苛立ちを隠せずにいるようだった。

「シュミット国へ書簡を送る」

陛下はすぐさまシュミット国への書状を記した。我が国の聖女を返してほしいという内容だ。王子がさらったという疑惑は伏せていたが、そちらの国にいる目撃証言があると断定して、即刻返すよう求めた。返さぬ場合は、力づくでも、と強気で勧告した。とはいえ、現在我が国に隣国へ攻め入る余力はない。降り続く雪で兵たちも身動きがとれずにいるし、街道も山道もすべて雪で覆われているのだ。隣国へ兵を動かすのは不可能だ。

そんな我が国の惨状がシュミット国にも伝わったのだろう。何のことか分からないという返事が数回にわたり届けられ、聖女返還を求めたにも関わらずのらりくらりと躱された。しかもシュミット国からは『シュトランゼ公爵が、我が国の聖獣を害している疑惑がある』と通達があった。公爵を呼び、疑惑について問い質したが、地位ある貴族というのもあって、証拠もなく捜査することはできなかった。

「陛下、このままでは……。これが聖女様のお怒りだというなら、我が国は頭を垂れて許しを請うべきではないでしょうか」

一カ月が過ぎ、依然降りやまぬ雪にモーリアス侯爵は陛下にそう進言するしかなかった。積もった雪によって交通網は完全に麻痺し、このままでは滅亡の危機がある。シュミット国のような小国に頭を下げたくはないが、限界が近い。

「こうなるから……聖女を呼ぶのは嫌だったのだ」

忌ま忌ましそうに陛下が呟く。苦渋の決断を陛下は下した。それまでの強気な政策は捨て、国を滅ぼされないために膝を屈するしかなかった。この事態を招いたミカエル王子と公爵令嬢は相変わらず自分のせいではないと言い張っている。恐ろしいことにミカエル王子のほうは百足《むかで》に噛まれた足がずっと痛んで、今や歩けない状態になっていた。公爵令嬢に治癒魔法を使うよう要求したが、「今はできない」の一点張りで部屋にこもって出てこなくなった。

「陛下！　大神官様がお目覚めになりました！」

会議室で陛下と今後について話し合っていると、近衛兵が待ち望んでいた一報を告げた。

聖女召喚からずっと意識のなかった大神官がやっと目を覚ましたという。ほどなくして白い神官服を身にまとった青年が会議室へやってきた。現在の大神官は、フェルメール・シンクレア。さらさらとした長い銀髪を束ね肩にかけた美丈夫だ。

「長きにわたり昏倒しており、申し訳ございませんでした。目覚めて驚きましたが、この事態はいかに？　聖女様はどこにおられるのですか？」

フェルメール大神官はいぶかしげな様子で問うてきた。モーリアス侯爵がかいつまんで話すと、フェルメール大神官は呆れて天を仰いだ。

「聖女様は大切に扱うよう申し上げたではないですか！　何故そのような愚かな真似を！　聖女様のお付きの侍女を呼んで下さい！」

フェルメール大神官は怒りを露わにして、会議室へ聖女の侍女をしていたミュウという女性を呼びつけた。

「あなたが聖女様の侍女を？　あなただけなのですか？　聖女様が召喚されてから何が起

きたか、すべてつまびらかにして下さい」

ミュウは初めて会う大神官に恐れを抱きつつ、「不敬には問わない」という陛下の言質《げんち》の元、聖女がされていた悪質な嫌がらせと第一王子の心無い振る舞い、公爵令嬢に罪を着せられた話をすべて語った。聖女はミュウには優しく、常に労ってくれたそうだ。

「そのような事態になっていたのか……」

モーリアス侯爵にとっても初めて聞く話が多く、聖女が怒って国を飛び出す理由がよく分かった。

「お話を聞き、やはりこの天災は聖女様のお怒りに触れたためかと思われます。天は聖女様に害をなした我が国を滅ぼそうとしているのかもしれません。第一王子と公爵令嬢に対する異常な状況も、聖女様のお力かと……。すべての生き物は聖女様を慕うとかつての聖女様に関する文献にも載っておりました」

話を総合してフェルメール大神官はそう断じた。陛下とモーリアス侯爵は顔を見合わせ、痛恨の面持ちになった。

「大神官には雪を止める力はないのか？」

モーリアス侯爵がすがるように聞くと、そっけなく首を振られた。

「一日、二日なら止められるかもしれませんが、天罰として降り続くものは止められません。聖女様のお怒りを解くほうが先かと」

厳しい声音で言われ、陛下も従うよりないと決断を下した。陛下はシュミット国に宛て、『聖女様の怒りを解いてほしい。これまでの愚かな振る舞いについて謝罪したい』という内容の書簡を急ぎ用意した。一国の王が謝罪するなどよほどのことだけれど、すでに降り続く雪のせいで国として機能しなくなっている。この書簡がシュミット国に届くまでも時間がかかるし、我が国は本当に滅びるかもしれない。

「すぐにシュミット国へ向かう者を呼びましょう。この雪で馬も進めるか分かりませんが」

モーリアス侯爵が使者を用意しようとすると、フェルメール大神官がそれを止めた。フェルメール大神官は書簡を手にして、微笑んだ。

「私が直接シュミット国へ行き、聖女様に謝罪いたしましょう。私の転移魔法なら、今日中に着きますから」

フェルメール大神官が書簡を胸に抱き、そう告げた。大神殿には遠くに一瞬で行けるゲートという魔法陣が存在する。使うにはいろいろな制約があるそうだが、大神官である彼なら可能なのだろう。

「頼みましたぞ」

頼みの綱はもはや大神官のみだ。この雪で国が埋まる前に事態が改善するようにと祈り、フェルメール大神官を見送った。

■7　聖女始めました

シュミット国での瑠奈の立場は公に知られることになった。

バルハラッド王国から『聖女返還』を望む書簡がひっきりなしに届き、王家同士が書簡でやりとりを交わすことになった。最初は不安だった瑠奈だが、バルハラッド王国に起きている天災のおかげで落ち着いて事の成り行きを見守ることができた。

何しろ瑠奈がバルハラッド王国を出てから、ずっと雪が降っているのだ。すでに一カ月が経っていて、バルハラッド王国は滅亡するのではないかと囁かれている。野菜などの食物や薪や防寒具といったものが高値でも飛ぶように売れ、魔石に関しては品薄状態らしい。シュミット国の商団はここぞとばかりにバルハラッド王国へ品物を輸出していると聞いた。

「ルナ様、至急謁見の間へお越し下さい。バルハラッド王国からの使者が来ているそうです」

神獣の森で聖獣と戯《たわむ》れていた瑠奈は、呼びに来た侍女に急かされて城へ戻った。

普段着から正式なドレスに着替えている間にルイが迎えに来てくれて、礼服を着たルイにエスコートされて謁見の間へ赴いた。知っている嫌な人が来たらどうしようと思って謁見の間へ行くと、見覚えのない美形の青年が国王夫妻の前に立っていた。

「おお！　聖女様！　お会いできて光栄の極みです」

銀色の長髪に、色白の整った美形の青年は、瑠奈を見るなり感激した様子で跪いてきた。白地に金の刺繍やラインが入った神官服を着ている。青年は瑠奈の手を取るなり、甲にうやうやしく口づけてきた。

「あ、あの……？」

初めて会う相手だと思うが、どこか見覚えがある。瑠奈が困惑していると、青年がにっこり笑って立ち上がった。

「私はフェルメール・シンクレア。バルハラッド王国で大神官を務めております」

青年が名乗り、瑠奈も「あーっ！」と大声を上げてしまった。まさに瑠奈を召喚した男ではないか。

「やっと目覚めたんですね！　あなたのせいで大変な目に！」

フェルメール大神官の顔を見たら胸倉を掴みたくなり、気持ちを抑えるのが大変だった。

国王夫妻は苦笑しつつ、バルハラッド王国からの使者だと紹介した。

「その節は大変申し訳ありませんでした。大きな魔力を使用したため、人として最低限の生命維持だけしかできなくなっていたようです。私が目覚めていれば、あなたの素晴らしい神聖力や魔力についてもお伝えできたのに。神聖力はともかく、これほど魔力があるのにどうして無能と呼ばれていたのですか？」

フェルメール大神官は瑠奈の頭からつま先まで眺め、不思議そうに言う。

「魔力は……その、そちらの国の教育方針とは合わないやり方でして……。こちらの国に来てから開花したというか」

最初は怒っていた瑠奈も、フェルメール大神官の人当たりの良さと柔和な雰囲気にほだされた。フェルメール大神官の聖女に対する態度は憧れの人を見るもので、ずっときらきらした目で見つめてくるのだからしょうがない。

「そうだったのですね！　重ね重ね申し訳ございません。陛下からも数々の仕打ちに対する謝罪をいただいております。その後の調べで、聖女様は冤罪を着せられたという証明がなされております。聖女様を苦しめた第一王子は王位継承権を剝奪し、平民の地位に降格することになりました。公爵令嬢に関しても同じ処罰を与えたいところですが、聖女という地位を得たために現在は謹慎措置をとっております。ですが私が見たところ、公爵令嬢からは神聖力が感じられず、聖女の称号は何かの間違いではないかと。毒騒ぎの時に居合わせた侍女と侍女長はそれぞれ解雇され、罪の重さに合わせて労役を科すことになりました」

フェルメール大神官は瑠奈の前に跪き、滔々と語り始めた。冤罪だと分かってもらえてホッとした。あのうざい第一王子が平民になったなんて、胸のすく処罰だ。だが公爵令嬢が何の咎もないのは気に入らない。

「ですので、どうか聖女様のお怒りを鎮めていただきたいというのが我が国の総意です。その上で、今後は聖女様を大切にさせていただきますので、ぜひともバルハラッド王国へ戻っていただきたいのです」

真摯な態度でフェルメール大神官に言われ、瑠奈は思わず一歩下がった。バルハラッド王国へ帰るのは嫌だという思いが湧き上がった。隣に立っていたルイが瑠奈の手を握り、安心するように頷く。

「大神官殿、ルナは第三王子である私、ルイモンド・デ・フィルランドの婚約者だ。そちらの国へは帰せない。そういう要求ならお引き取り願おう」

ルイは凛とした態度でフェルメール大神官に告げた。フェルメール大神官はルイを見上げ、かなり気落ちした様子で瑠奈に視線を移動した。

「この方が聖女様をお救い下さったのは存じております。聖女様はバルハラッド王国へ戻るおつもりはないのでしょうか？　聖女様をお呼びしたのは我が国です。我が国の瘴気を払い、栄光を授けて下さるのではないのでしょうか？」

瘴気と聞かされて、瑠奈も言葉に窮した。だが、未だに人の治癒はできないし、フェルメール大神官が望む仕事ができるとは思えない。それに何より、バルハラッド王国に対するトラウマができた。国の名前を聞くだけで鳥肌が立つ。

「私は……この国にいたいです」

瑠奈はしっかりとした声で言い切った。国王夫妻が安堵した様子になり、握っていたルイの手にも力がこもった。瑠奈はフェルメール大神官に立つよう促した。

「あと……公爵令嬢に関しては、偽聖女だっていう疑惑があるんです。聖獣の魔石の力を利用して治癒魔法を使っているんじゃないかって」

瑠奈が付け加えると、フェルメール大神官は親身に話を聞いてくれた。この国の聖獣を密猟して魔石を取引しているのがシュトランゼ公爵家ではないかと疑っていると言うと、大神官も思うところがあるようだった。

「公爵令嬢の持っている赤い宝石のネックレス……あれは聖獣の核となるものではないかと」

隣国にいる以上、公爵令嬢の罪を暴けないのが歯がゆくて、瑠奈は言い募った。

「ふーむ。そうだとしたら、そのネックレス……もしかして回数制限があるのではないですか？」

目を細めてフェルメール大神官が言う。

「回数制限？」

「聖女様の怒りに触れ、第一王子と公爵令嬢は虫や鳥、犬や猫に襲いかかられるという現象が起きております。公爵令嬢には治癒魔法ができるはずですが、最近、第一王子を治癒するのを嫌がっておられるのです」

瑠奈はびっくりしてルイと顔を見合わせた。

「それはありえる話かもしれない。そもそも魔石は何度も使うと効力を失う。聖獣の魔石も同じように使いすぎると効力が薄れていくのかも」

ルイが頷きながら言って、これは公爵令嬢を現行犯逮捕できる重要な証拠になるのではないかと思った。

「ところで、第一王子と公爵令嬢が虫や鳥に襲われてるのって……」

気になって瑠奈は聞き返した。確かに虫や鳥、四本足の生き物はコンプリートしたが。

「聖女様のお怒りに触れたからではないのですか？　同様に我が国も日々積もり続ける雪に苦しめられております。どうかお怒りを治めていただけませんか？　一部の王族と貴族の犯した罪は重いとは存じますが、多くの国民には罪はありません。このままでは多数の死者も出るでしょうし、隣国から攻め込まれたら我が国は滅んでしまいます」

まるで自分がやったみたいにフェルメール大神官に言われ、瑠奈はまさかと笑い飛ばそうとした。ずっと降り続く雪が、自分のしたことなんて。

「私に雪を降らせるスキルなんてないですよ？　何かの間違いでは？」

フェルメール大神官の口ぶりだと、瑠奈はすごい力を秘めているみたいだ。未だ人の治癒さえできないのに、そんな大それた真似できるはずがない。

「いいえ、これは聖女様の下された罰です。思い出して下さい。雪が降る前、バルハラッド王国に大きな怒りを抱かれませんでしたか？　呪いのような言葉を吐かれませんでしたか？」

真剣な顔で詰め寄られ、瑠奈は否定しようとした。

(待てよ……。私、……バルハラッド王国滅びろとか悪態吐かなかったっけ？)

置き去りにされた魔獣の森での一幕が脳裏を過り、瑠奈はさーっと青ざめた。

「い……言ったかも……」

瑠奈が青くなって呟くと、フェルメール大神官が眉を下げる。

「第一王子と公爵令嬢に関しても、何かおっしゃいませんでしたか？」

重ねて聞かれ、瑠奈は顔を引き攣らせた。

「い……言いました、ね。あの時は腹が立っちゃって……誰も聞いてないと思ったし」

だらだらと冷や汗が流れ出る。本当にバルハラッド王国の異常気象は自分がしたことなのか。そんなとんでもない力を秘めていたのか。

「すみませんーっ⁉　まさか、あんな悪態でそんなふうになるなんて思わなくてっ‼」

瑠奈はその場に土下座した。言葉一つで天候を動かせるなんて知らなかったのだ。王族や貴族はともかく、関係のない平民の皆さんにまで迷惑をかけた。

「聖女様、おやめ下さい。悪いのはこちらですから。ですが、この雪だけは止めていただきたいです。我が国はもう限界でして」

フェルメール大神官に手を取り懇願され、瑠奈は急いで頷いた。バルハラッド王国は嫌いだが、そこまで恐ろしい真似をする気はない。

「でもどうやって止めれば？　もう怒ってないって言えばいいのかな？」

瑠奈がおろおろして言うと、横からルイが肩を抱きしめてくる。

「待って、ルナ。これは取引に使える力だよ。まだ怒りを解く必要はない」

ルイが人の悪い顔になって、フェルメール大神官と視線を合わせる。罪悪感ですぐに取り消そうと思っていた瑠奈は、困惑してルイを仰いだ。

「ルナが怒りを解く代わりに、公爵家の罪を暴かせてもらいたい」

ルイはピリッとした空気を醸し出して、フェルメール大神官と対峙《たいじ》する。フェルメール大神官も苦笑して胸に手を当てた。

「分かりました。お望みならばそういたしましょう。私は転移魔法を取得しております。バルハラッド王国まで瞬時に飛べる能力です。聖女様がお望みならばバルハラッド王国に縛り付ける真似はいたしませんので、どうか私と共においで下さいませんか？」

フェルメール大神官には二国間を行き来できる魔法があるようだ。瑠奈はルイを見上げ、国王夫妻にも許可を取るように視線を向けた。

「いや、俺たちは別の方法でそちらの国へ行く。行ったきり、戻してもらえないんじゃ困るからね」

ルイは瑠奈の手を引いたまま、国王夫妻の前に進んだ。

「国王陛下、神竜の使用許可を願えますか？」

神竜と聞き、瑠奈は目を見開いた。

「よかろう、かの神獣は寒さにも強いゆえ」

国王がすっと手を上げ、謁見の間の壁際に立っていた近衛兵が首から下げていた笛を吹く。笛の音は聞こえなかったが、しばらくすると、何か大きな力が近づいてくるのを感じた。ルイは瑠奈の手を引っ張り、謁見の間を出て、廊下のくりぬき窓から外を見る。

「ルナ、竜に乗っていこう」

いたずらっぽい目つきでルイが囁き、瑠奈は真っ白な巨体が大きな翼を使って城に接近してくるのを確認した。


ゲームの中でよくドラゴンに乗って行きたい場所へ移動することはあった。ゲームの中では気持ちよさそうに飛んでいたものだ。だが――実際、ドラゴンに乗って移動するのは、恐怖そのものだった。

「高っ、怖っ、速っ、ひいいいい！」

考えてみてほしい。飛行機の機体の上にそのまま乗ったらどうなるか。不安定な竜の背中に乗り、固いうろこのある身体にしがみつき、はるか上空をすごい勢いで飛んでいく。振り落とされそうで怖いし、何より高度がありすぎて落ちたら死ぬ。

「ルナ、大丈夫？」

後ろからしっかりルイが支えてくれていることだけが、瑠奈の頼みの綱だった。ルイは古神竜の騎乗に慣れているのか、悲鳴を上げる瑠奈を気遣ってくれる。

「駄目ーっ、ひぃいいっ、怖いよー」

顔面に受ける風の強さで目も開けられないし、恐怖心は捨てられない。そもそも瑠奈の考えている竜とは形が違った。昔話に出てくるような蛇《へび》に形が似た龍だと思ったのだ。だがこの国の古神獣である竜は、もはや恐竜。翼も蝙蝠《こうもり》みたいだし、顔は鰐《わに》に近いし、まっすぐ飛ぶというより上下に揺れながら飛ぶスタイルだ。

『今代の聖女はうるさいのう』

瑠奈がぎゃーぎゃー騒ぎながら乗っているせいか、古神竜が呆れたように言った。

「竜がしゃべった！」

てっきり竜は知能がないと思い込んでいたので、瑠奈は一時恐怖を忘れた。

『ちとうるさいが、我慢しておったのじゃ。そなたには聖獣を癒してくれた恩もあるゆえ』

古神竜はぐんぐん進みながら言う。古神竜の話によると、古神獣と呼ばれる桁違いランクの神獣が四体いて、彼らは末端の聖獣に力を分け与えているらしい。近頃、怪我を負う聖獣が増えて、古神獣の負担が大きくなっていたそうだ。だから聖獣を癒した瑠奈には感謝している。

「じゃあ絶対、絶対、ぜぇったい落とさないで下さいねっ!!」

瑠奈は古神竜にしがみつきながら叫んだ。小さい頃は遊園地でもジェットコースターを好んでいた瑠奈だけれど、大人になるにつれそういった乗り物が苦手になった。竜に乗って移動するのはそれに近い。景色が綺麗などと言う余裕はない。そもそもバルハラッド王国に入ってからは雪が降っていて、寒さで歯が鳴った。

『分かっておる。落としてもちゃんと拾うから安心せい』

古神竜はやれやれと言いつつ約束してくれて、少しだけ瑠奈も安心した。だが、震えはなかなか止まらない。ルイに抱きしめられる形で乗っているというのに、色気は皆無だ。

「ルナ、もうすぐ着くよ」

ルイが耳元で囁く。竜に乗っての移動は、さすがに早かった。船を使って移動し、何日もかけて馬で辿り着いたシュミット国の城から、わずか半日でバルハラッド王国に着いた。魔法陣を使って移動したフェルメール大神官が王宮の庭で待っていて、瑠奈は危険かもしれないが彼と一緒に行けばよかったと後悔した。

　降下していく古神竜の上で、やっと瑠奈は辺りの景色が見られた。ほとんどの建物は雪で覆われ、真っ白だ。これが自分のしたことかと思うと血の気が引く。

「聖女様！」

　王宮の庭にはフェルメール大神官の他に近衛兵と、以前侍女をしてくれたミュウがいた。近衛兵たちは、初めて見る真っ白な竜に恐れを抱き、後ずさる。古神竜はずぼっと雪に埋もれる形で降り立った。相当積もっている。ミュウは古神竜からよろよろと下りようとする瑠奈を見て、目を潤ませている。いくらか雪を掻いた跡があり、瑠奈はルイの手を借りて古神竜から下りた。ブーツが雪に埋もれる。

「つ、着いた……」

　地面に足がついてもまだ足ががくがくしてしゃんとできない。見かねたルイが瑠奈を横抱きにかかえる。

「聖女様、お戻りをお待ちしておりました」

　瑠奈の前に進み出てきたのは宰相のモーリアス侯爵だった。瑠奈に深く頭を下げ、同じようにミュウや近衛兵たちも瑠奈の前で頭を垂れた。彼らの態度は一変していた。瑠奈は飛行の衝撃を振り払い、顔を引き締めた。

「こちらへどうぞ、陛下がお待ちです」

宰相に先導され、瑠奈とルイは王宮へと入っていった。古神竜はそのまま庭で待つようだ。何かあったら呼べと言われ、瑠奈も頷いた。

王宮の廊下はひんやりしていた。瑠奈はルイにお礼を言って、自分の足で立った。バルハラッド王国へ来るので外套を着込んでいるが、かなり寒い。吐く息は白く、石造りの壁や天井は触れるのも厭われるような冷たさだ。

謁見の間へ行くと、そこだけは魔法を使っているのか空気が温かった。赤い絨毯《じゅうたん》を進み、玉座にいる国王夫妻、第二王子と対峙した。数名の官吏たちもいて、彼らの前には第一王子と公爵令嬢、それにシュトランゼ公爵もいた。彼ら三人は手枷をつけられている。そして神官も並んでいて、サマール神官や神官長のバルザもいる。

「聖女様をお連れいたしました」

宰相が国王の前で告げる。瑠奈はルイの腕にぎゅっとしがみつき、国王を見返した。ミカエル王子や公爵令嬢は憎悪を込めた瞳で瑠奈を見ている。怒りたいのはこちらですけど、と瑠奈は闘志を燃やした。

「うむ。聖女よ……、いや、聖女様」

玉座から国王が下り、瑠奈の前に膝を折る。ざわっとその場にいた人たちが驚愕した。バルハラッド王国の国王が誰かに膝を折るのが信じられなかったのだろう。瑠奈もあの王様が跪いて息を呑んだ。しかも王妃と第二王子も続けて瑠奈の前に跪く。

「我らのした愚かな振る舞いを許してもらいたい。聖女様の力をあなどり、その身を虐げた罪は王族が受ける。罪なき国民のために、どうか怒りを治めてもらえないだろうか？」

国王に深々と頭を下げられ、瑠奈は拍子抜けしてルイを見上げた。もっと傲慢な感じで来ると思ってファイティングポーズをしていたのに、こんなふうに白旗を掲げられたら手を上げているこちらが悪人になる。

「聖女様を陥れた彼ら二人は、相応の罰を与えた。第一王子には平民への降格を命じた。まだ許せないというなら、処刑が妥当と考えている」

国王の重々しい口ぶりに、ミカエル王子が真っ青になった。

「な……っ、そんな！　父上、俺のしたことはそれほどですかっ⁉　処刑なんて、嘘ですよねっ！　平民になったことだって、受け入れられないのに！」

ミカエル王子は相変わらずクズでむしろ安心した。

「ミカエル王子、謝罪の言葉を吐かないなら永遠に口を閉じよ」

冷酷な国王の一言に、ミカエル王子は釣り上げられた魚のごとく口をぱくぱくしている。

「……申し訳……ありません……でした」

ミカエル王子は震えながらようやく謝罪の言葉を口にした。

「納得いきませんわ！」

そこへ怒鳴りだしたのは公爵令嬢だった。手枷をつけられたのが気に食わないのだろう。

憤怒《ふんぬ》で顔を赤く染め、瑠奈を睨みつける。

「私は公爵令嬢ですのよ？　それに聖女の称号もいただきました！　その私が何故このような目に！」

公爵令嬢は目を吊り上げて怒っている。

「あなたには我が国の聖獣を密猟した疑いがかかっている」

それまで黙っていたルイが公爵令嬢の前に進み出て、恐ろしい目つきで見据えた。さすがの公爵令嬢も、ひっと息を呑む。

「あなたが聖女だというなら、治癒魔法を使ってもらおう」

ルイは公爵令嬢を見下ろし、フェルメール大神官を見やる。フェルメール大神官は二人の侍女をこの場に呼び出した。二人とも、拷問の痕なのか、顔や身体に痣《あざ》がある。

「では彼女を治癒して下さい」

フェルメール大神官は一人の侍女を公爵令嬢の前に立たせた。手枷を外せと公爵令嬢がうるさく言うので、横にいた官吏が手枷を外す。公爵令嬢は侍女の前で手を組み、祈りを捧げた。するとドレスの胸元辺りが光り、侍女の怪我が治っていく。

（あれ）

瑠奈は目を瞠った。侍女の怪我は全快せず、ところどころかすかな痣が残っていたのだ。

公爵令嬢は必死に祈りを捧げ、五分ほどしてようやく全快した。

「見なさい！　治癒できたじゃないですか！　私が聖女である証拠よ！」

公爵令嬢が勝ち誇ったように叫んだ。その時、ルイが公爵令嬢の首元をぐいっと摑んだ。公爵令嬢が悲鳴を上げる間もない。ルイは公爵令嬢の服の下に隠れていたネックレスを奪い取った。鎖が千切れ、赤く光る石を嵌めたネックレスが皆の前に現れる。

「そ、それは……」

公爵令嬢は紙のように白くなった顔で、ルイからネックレスを奪い取ろうとした。だがルイはネックレスを遠ざけ、顎をしゃくる。

「こちらの女性も治癒してもらおう」

ルイがもう一人の侍女を突き出す。公爵令嬢は青白くなった顔でわなわなと震えた。その場にいた全員の視線が集中し、促されるようにもう一人の侍女の前で手を組む。

公爵令嬢は祈りを捧げた。けれど、もう治癒魔法は発動されなかった。徐々にその場にいた人々のざわめきが広がっていく。

「これは……どういうことだ？　公爵」

国王はシュトランゼ公爵に詰問する。シュトランゼ公爵は困惑した様子で公爵令嬢の肩を摑む。

「どうしたのだ？　エリーゼ、早く治癒しなさい！」

シュトランゼ公爵の態度は娘が治癒できると確信している。ルイも瑠奈もそれを見て、この事態を引き起こしたのが誰なのか聴衆の中から探ろうとした。

「何故できないんだ！　どうしてだ！」

怪我を癒せない公爵令嬢に苛立ったそぶりでシュトランゼ公爵が叫ぶ。わっと公爵令嬢が泣きだし、神官長を振り返った。

「お助け下さい！　神官長様！」

公爵令嬢の声でその場にいた者がいっせいにバルザ神官長を見る。バルザ神官長はとっさに逃げ出そうとしたが、近くにいた近衛兵によって捕まえられた。

「私は悪くないわっ！　神官長様が私に聖女になれとネックレスを渡したのです！　私は被害者よっ、お父様、信じて！」

公爵令嬢は泣きながら身勝手な発言をする。シュトランゼ公爵は取り押さえられたバルザ神官長を振り返り、己が間違っていたと初めて気づいたようだ。

「……陛下、申し訳ございません。我が娘が聖女であるのは間違いであったようです。いかような罰も甘んじて受けます」

国王の前に土下座するシュトランゼ公爵は、神官長から娘が聖女になったと聞き、すっかり信じ込んでいたと語った。公爵令嬢は再び手枷をつけられた。

「公爵令嬢が聖女だと進言してきたのはバルザ、そなただったな。このネックレスはどこから手に入れたのだ？　申し開きしてみよ」

国王に突き付けられ、バルザ神官長は歯ぎしりした。

「私の眠っている間に起きたこととはいえ、神殿内の不祥事に関しては私にも責任があります。神官長の口から事の顛末《てんまつ》を語らせるよう、自白を促す薬を用意いたしましょう」

フェルメール大神官が進み出て言った。そんな恐ろしい薬があるのかと瑠奈も青ざめたが、バルザ神官長はそれ以上だったようだ。ぴかっと何か光ったと思ったら、神官長を押さえつけていた近衛兵が吹っ飛んでいた。何かの魔法を発動したのだろう。フェルメール大神官がとっさに魔法防壁を張った。瑠奈のすぐ前で激しい衝撃が跳ね返り、悲鳴が上がる。気づいたらルイに抱きしめられていて、瑠奈は呆然とした。

「聖女は殺すべきだったな、無能だからと放っておいた私が愚かだった」

バルザ神官長は敵愾心《てきがいしん》を露わに、瑠奈を睨みつけてきた。一瞬の出来事で瑠奈は頭が真っ白になった。バルザ神官長が攻撃魔法を瑠奈のいるほうに向けて放ち、フェルメール大神官がそれを跳ね退けたのだ。

「貴様か、聖獣を害すよう命じたのは」

ルイが剣を抜き、バルザ神官長に向かって斬りかかろうとする。それをバルザ神官長は攻撃魔法で止めようとした。ルイは呪文を唱え、一気に間合いを詰めた。ルイの持つ剣が数倍に膨《ふく》れ上がったように見えた。剣に氷魔法の力が宿り、それをバルザ神官長に叩きつける。バルザ神官長はとっさに魔法防壁を張ったが、ルイが何度も斬りつけると徐々にヒビが入っていった。

「聖女様は近づかれないよう」

瑠奈が駆け寄ろうとすると、フェルメール大神官がそれを止めた。ルイの放つ攻撃とバルザ神官長の魔法で、謁見の間は騒然となった。ルイの攻撃は剣を一振りするごとに床に亀裂を生じ、周囲の人をなぎ倒した。バルザ神官長は歯を剝き出しにしてルイを攻撃しているが、攻撃魔法はルイの氷魔法が宿った剣でことごとく相殺《そうさい》されていく。

「きゃああ！」

バルザ神官長の魔法防壁が壊れ、ルイの剣が斬りつけると確信した刹那《せつな》、バルザ神官長は逃げ遅れた公爵令嬢を盾にした。とっさにルイが剣の勢いを殺すと、バルザ神官長がにやりとして攻撃魔法を繰り出そうとする。

「駄目ぇえええええ！」

思わず瑠奈は甲高い声で叫んでいた。とたんにバルザ神官長の動きが不自然に止まり、ルイはその腹を蹴り上げた。バルザ神官長は床に倒れた。ルイはその首元に剣の切っ先を突き付けた。

「お前を殺しはしない。聖獣を害した件に関してくわしく語ってもらうからな」

ルイの怒りを孕《はら》んだ声が響き渡り、謁見の間がしんと静まり返った。バルザ神官長は抵抗する気を失ったのか、がくりと力を落とす。

「聖女を殺すべきだった……すべては聖女を生かした己の失策……」

床に倒れ込んだバルザ神官長が呻くように言う。ルイはその身を縛り上げようとした。そのわずかな空気が弛んだ隙間を突くように、悲劇は起きた。バルザ神官長が何かを呑み込み、次の瞬間には「ぐえええっ」と咽を掻きむしりながら痙攣《けいれん》したのだ。

「まずい！」

フェルメール大神官が駆け寄ったが、時すでに遅かった。バルザ神官長は血を吐き出し、その場で絶命した。瑠奈は何が起きたか分からなくて、硬直するしかなかった。

「クソ……ッ、自害したか……っ」

ルイがバルザ神官長の身体を揺さぶり、悔しそうに髪を掻きむしる。バルザ神官長は床に倒れたまま、ピクリとも動かなくなった。

（え……死んだ、の？）

人が目の前で死ぬところを見たのが初めてで、瑠奈は膝が震えた。瑠奈にはまだ人に対する治癒魔法は使えないが、もし使えていたら――。

「このような事態になって申し訳ない」

ざわめく空気を国王が収拾した。亡くなったバルザ神官長は近衛兵によって別の場所へ運ばれていった。フェルメール大神官が飲んだ毒薬や遺体を検分すると国王に言っている。公爵令嬢は放心した状態で近衛兵によって牢に入れられることになった。

「公爵令嬢と公爵家の罪は重い。爵位取り消しと財産の没収を命じる。公爵令嬢に至っては、尋問の後、終身刑とする」

国王がそれぞれの始末をつけた。シュトランゼ公爵もこの事態を受け入れると生気のなくなった姿で言った。

「聖女様、このような事態を招き、返す返すも申し訳ございません。バルザ神官長の企みに気づかなかった我らの落ち度です」

国王が再び瑠奈の前に来て頭を下げる。バルザ神官長の死のショックで瑠奈はしばらくぼうっとしていたが、剣を納めたルイが横に来て、やっと頷いた。

「彼らの後始末は必ずつけます。国王の名に誓って。ですが、どうかこの国を苦しめる雪を、止めてもらいたい。このままでは数万の罪なき死者が出るでしょう」

国王の言葉で瑠奈も我に返った。そういえば雪を止めるために来たのだった。ルイとフェルメール大神官を見ると、二人とも大きく頷いている。

（そもそも止めるってどうやるのか分からないんだけど……）

瑠奈は咳払いして、謁見の間から窓のある廊下に出た。深呼吸して気持ちを切り替える。そして窓から上半身を出し、両手を天に向かって上げた。

「雪よ、降りやめ！　もう私、怒ってないよ！　バルハラッド王国は滅びなくていいです、ごめんなさい！」

どう止めるか分からなかったので、思いつくまま叫んでみた。すると、それまで降っていた雪がやみ、雲間から太陽が姿を現し、ありえないほどの青空になった。やっぱり自分がしたことだったのかと瑠奈は顔を引き攣らせた。久しぶりの太陽に近衛兵たちがわっと騒ぐ。

「ありがとうございます、聖女様」

国王や王妃、第二王子、フェルメール大神官と宰相が揃って瑠奈に感謝の言葉を述べる。むしろ責められてもいいくらいだと内心思ったが、瑠奈は無理に笑顔を作り、ルイにしがみついた。

王宮の外では降りやんだ雪に近衛兵たちが喜びの声を上げている。聖女様万歳という声に居たたまれなくなり、瑠奈はルイの背中に隠れるばかりだった。

国王夫妻からは再び国へ戻ってきてほしいという言葉と、第二王子と婚約という話をされたが、シュミット国のほうが合っていると言って、瑠奈はルイとシュミット国へ帰ることにした。バルザ神官長に関しては、バルハラッド王国で調査をするようだ。聖獣の魔石をどうやって手に入れたか、その流通ルートを調べると言っている。

「あの神官長が単独でやったとは思えない」

ルイもその点に関して気になるようで、国から調査員を派遣する許可を国王にもらっている。ルイは考えたくないようだが、シュミット国にも共犯者がいるはずだ。

帰りも竜に乗り、死ぬ思いをしたが、シュミット国に戻り、国王夫妻やイーライの温かい出迎えを受けたらすぐに立ち直った。

バルハラッド王国での出来事は、国王夫妻も驚きを隠せなかった。護衛騎士であるケヴィンは自分もお傍にいたかったと悔やみ、ルイと何故か火花を散らしている。ルイは腕利きの騎士をバルハラッド王国へ送るようだ。バルハラッド王国の国王は、瑠奈の行動を止めはしないが、国内に起きている瘴気を消す手助けをしてほしいと頼んできた。

過酷な一日だった。

あまりにも多くのことが起きすぎて頭が冴えて眠れず、瑠奈は部屋に戻ってもずっと考え込んでいた。気分を変えようと、夜だというのに庭園の東屋に行き、物思いに耽《ふけ》った。こんな夜遅くでも侍女は瑠奈に付き添ってくれている。東屋の周囲には明かりを放つ魔道具が置かれているので、夜の暗闇に怯える必要はない。

瑠奈は夜着の上にガウンを羽織り、ぼんやりと月を眺めていた。

瑠奈の頭から離れないのは、去り際に聞いたフェルメール大神官の言葉だ。

『あの、私、元居た世界に帰れますか？』

ルイが傍にいない時を見計らって、瑠奈はフェルメール大神官に尋ねた。フェルメール大神官は困ったように眉を下げ、瑠奈の肩に手を置いた。

『戻る術は知りません。これまでの聖女様も戻られた方はいらっしゃらないようです』

残酷な事実に、瑠奈は頭が真っ白になった。これまで元居た世界に戻れるつもりで過ごしていたので、帰る方法がないというのは瑠奈にとって絶望だった。

『聖女様、もし帰りたいと願われるなら、お調べいたしましょう。新たに魔法を生み出すこともできるかもしれません。あなたのお気持ちを考慮せずに呼び出しましたこと、まことに申し訳なく思っております』

フェルメール大神官は瑠奈を慰めるようにそう言った。

シュミット国へ戻って一人になると、やはり帰れないという思いが伸し掛かる。

（まぁ別に？　帰っても身内もいないし……、私を待っている人なんて誰もいないかもしれないけど……。帰ってやりたいことといえば、ゲームとか漫画とか、気になっているのは……そうそう貯めておいた貯金とかくらいだし？）

自分を慰めてみたが、なかなか気分は晴れない。ここでの暮らしは悪くないし、ルイを始め、皆優しくしてくれる。帰りたいのは生まれてからずっと暮らしていた生活を手放したくないせいだ。

（充電も切れてるしな……）

瑠奈はバルハラッド王国から返してもらったスマホを握りしめた。タブレットのほうは分解されており、一瞬研究者に殺意が走った。スマホは分解もできずに放置されていたのが幸いだった。

「ルナ？」

物思いに耽っていると、カンテラの明かりを揺らしてルイが近づいてきた。ルイも夜着にガウンを羽織った姿だ。

「俺の部屋から明かりが見えて。眠れないの？」

ルイは二階にある部屋からこの東屋に光が見えたらしく、心配して来てくれた。寝つけなくて、とごまかし、瑠奈はガウンの前襟を掻き寄せた。

「ごめんね、聞いちゃった。ルナの世界に帰れないって」

瑠奈の前に座ったルイが、テーブル越しに手を伸ばして言う。瑠奈は笑顔を取り繕おうとしたが気持ちが沈んで目を伏せた。ルイの手がテーブルの上に乗っていた瑠奈の手に重なる。

「ねぇ、ルナ。俺は君の家族になれない？」

真摯な眼差しで瑠奈の手を握り、ルイが囁いてくる。家族。聞き慣れない響きに瑠奈はルイを見つめ返した。

「俺はずっと君と一緒にいたいよ。帰らないでほしい。君と離れたくない」

ぎゅっと指が絡まり合い、熱っぽいルイの視線を浴びる。それまで落ち込んでいた気持ちが少しだけ温かくなっていくのが不思議だ。

「うん……」

自分にこんなふうに寄り添ってくれる人がいるのは有り難いことだ。瑠奈はその存在に感謝して微笑んだ。元居た世界では得られなかった家族が、ここでできるだろうか？　優しい人たちに囲まれて、生きていけるだろうか？　今は何も分からないが、ルイの気持ちが温かく感じられて瑠奈の気持ちも少し浮上した。

いつだって自分は前向きにがんばってきた。帰れないとうじうじ悩むより、この世界で自分の居場所を作るのが重要だ。

「家族なんて、ルイは私の弟になる気？」

冗談めかして言うと、ルイが何故かこの世の終わりみたいな顔をする。

「そこで何で弟なの？　はぁ、ルナ。俺の気持ちを弄《もてあそ》ばないでほしいんだけど」

ルイががっくりと肩を落とす。そういえば婚約者という立場だったと思い出した。ルイには愛の言葉をもらったが、やはりいまいち信じられない。

「あ……あは。仮の婚約、解消する？　もうバルハラッド王国からは無理な要望はないと思うし」

ルイを縛りつけている婚約者の身分を気にして言うと、ルイがふーっと大きく息を吐き出し、両手を握ってくる。

「ごめんね？　この国じゃ、相応の瑕疵《かし》がない限り、婚約は解消できないんだ」

知らなかった事実を突きつけられ、瑠奈は目を点にした。ルイはにこにこと笑みを浮かべている。強く握った手は逃さないといわんばかりに絡まっている。

「でも私……」

ルイのことはもちろん好きだけれど、異性に対する愛情かどうか分からない。そんな曖《あい》昧《まい》な態度でいいのだろうか？

「ねぇ、ルナ。俺って軽く見えるかもしれないけど、好きな子には一途だから。……いや、正直に言うと、実はけっこう愛が重いタイプ。それに待つのは得意なんだ」

憂いを帯びたルイの熱のある視線にさらされ、瑠奈は頬を染めながら、この国で生きていけるかなと不安になった。

「……すごーく待つかもよ？」

ルイに期待させるのが嫌で瑠奈が唇を尖らせると、長い指先が瑠奈の額を軽く突いた。

「惚れたほうの負けってことだろ？」

ルイが笑って言う。それは瑠奈のいた世界でもよく言われた言葉だ。瑠奈のいた世界とはまったくの別世界だが、この世界にも月はあり、星はまたたいている。瑠奈は夜空を見上げ、こうして共に夜空を見上げる人がいるというのはいいものだと微笑み返した。

KiKi BUNKO

レベル上《あ》げ大好《だいす》きな私《わたし》が異世界《いせかい》で聖女《せいじょ》やってます

夜光《やこう》 花《はな》

2025年3月17日　初版発行

発行者　笠倉伸夫

発行所　株式会社　笠倉出版社
〒110-8625　東京都台東区東上野 2-8-7　笠倉ビル
［営業］TEL 0120-984-164
［編集］TEL 03-4355-1103
https://www.kasakura.co.jp/

印刷所　株式会社　光邦

装丁者　須貝美華

定価はカバーに印刷されています。

乱丁・落丁の場合は当社にてお取替えいたします。

本書は書き下ろしです。
この物語はフィクションであり、実在の人物・事件・団体とは一切関係ありません。

ISBN 978-4-7730-6706-4
Printed in Japan